KB067453

독도
플래시 몹

독도 플래시 몹

독도 수호를 위한 35인의 제2공동시집

초판 인쇄 2017년 12월 10일
초판 발행 2017년 12월 15일

지은이 홍찬선 외
펴낸이 신현운
펴낸곳 연인M&B
기 획 여인화
디자인 이희정
마케팅 박한동
홍 보 정연순
등 록 2000년 3월 7일 제2-3037호
주 소 05052 서울특별시 광진구 자양로 56(자양동 680-25) 2층
전 화 (02)455-3987 팩스 (02)3437-5975
홈주소 www.yeoninmb.co.kr
이메일 yeonin7@hanmail.net

값 15,000원

ISBN 978-89-6253-205-0 03810

독도 플래시 몹

독도 수호를 위한 35인의 제2공동시집
한국독도문인협회 홍찬선 외

연인M&B

대한민국의 땅, 독도에 다녀와서

홍찬선

(한국독도문인협회 공동대표)

4350년 6월 23일^(금) 새벽 2시.

목요일에서 금요일로 바뀐 지 얼마 되지 않아 대부분이 단잠에 빠져 있을 시간.

저녁 약속에서 술 한잔 마시고, 2시간 남짓 자고 일어났지만 몸은 가뿐했다. 그토록 가고자 했던 우리의 땅, 독도를 만나러 간다는 설레임에 들뜬 마음이 몸을 하늘로 날아오르게 한 덕분일까.

경북 포항에서 8시 50분 발 울릉도행 쾌속선을 타기 위해 서울에서 버스 타고, 한밤중에 그렇게 가볍게 출발했다. 밤을 뚫고 달리며 10년 전, 독도를 방문하기 위해 울릉도까지 갔으나 파도가 높아 독도에는 갈 수 없었던 아쉬움을 떠올리고, 이번에는 반드시 볼 것이라는 믿음을 다지려는 데, 동쪽으로 부지런한 해가 기지개를 켜면서 발갛게 올라온다. 동해 용왕이 보우하사 독도 가는 길 물결이 잔잔할 것을 암시하듯이…….

　　설렌다 가슴 뛴다 첫사랑 만나는 듯
　　뜨겁던 너 만나러 가는 날이 흥겹구나
　　한밤중 문득 일어나
　　잠 못 이룬 속사정

　　다가간 동해 어디 외로움 보듬듯이
　　목 타는 가뭄마저 가시게 만들 존재
　　갈증을 해갈할 바람
　　단비 같이 맞을 너

　　　　　　　　　　　－「독도 만나러 떠나며」 중에서

　이튿날인 6월 24일(토) 드디어 독도 가는 날이다. 그냥 기다릴 수
없어 새벽 4시에 눈을 떴다. 이날 바닷길이 어떨지 점검도 할 겸, 독
도에서 건너오는 해돋이 감동을 느껴 보기 위해서 해안으로 나갔
다. 울릉도 도동항에서 저동항으로 이어지는 둘레 길의 3분의 2 되
는 곳에 행남등대까지 서둘렀다. 이곳에 서면 아름다운 저동항이
한눈에 보이고, 환상적인 해돋이를 볼 수 있는 곳이다.
　다만 이날 해돋이는 "기다림/꿈/내일을/더/생각해 보라는/가르
침"(시 〈행남등대 해돋이〉 중에서)을 주려는 듯 눈썹 같은 '쪽해'
만을 보여 주었다. 역시 모든 것을 가질 수는 없는 법. 해돋이의 아

쉬움은 독도 가는 뱃길의 '장판 물결'로 달랠 수 있었다. 물결이 거의 없어 잔잔한 모습을 울릉도 사람들은 장판처럼 평평하다는 뜻으로 장판물결이라고 부른다.

숨과 눈 지긋하게 天地人 감응하듯
두 손 맘 함께 모아 바람 물결 부드럽게
동해를 같이 지키니 비단길 낸 용왕님

내 마음 네가 알고 너의 뜻 내가 알 듯
하늘 땅 바다 바람 추임새 장판 물결
오십오 天地 맞은 수* 하나 되는 너와 나
–「독도 가는 평화호」전문

* 오십오는 필자의 올해 나이. 55는 하늘 수(1 3 5 7 9)와 땅의 수(2 4 6 8 10)를 합한 天地數다.

그렇게 하늘과 용왕님의 도움을 받아 독도에 내렸다. 꿈에서 그리던 대한민국의 땅, 독도에. 독도에 내려 촛대바위 탕건봉 삼형제굴 큰, 작은 숫돌바위 등의 아름다움에 넋 잃고, 333계단을 올라 동도의 우산봉에 올랐다. 그 감격을 그냥 보내기 아쉬워 시 한 수를 읊었다.

이렇게 올 수 있기까지
독도야, 너는 내 전부였다

…

이렇게 와서야 우여곡절
너를 만날 수 있는 것을
스스로 부끄러워하노라

숙취 한 번 덜 빠지고
비싼 자치기 두어 번 결석하고
약간의 섭섭함 뒤로 했다면
좀 더 일찍 왔을 텐데

이렇게 올 수 있음에도
모든 게 핑계였구나

…

오십오 년 동안
어디서 누구와 무엇 하느라
이제 왔나 자문해 본다

이렇게 쉽게 올 수 있는 것을

-「독도에 서서」 중에서

　서울에서 포항까지 버스로 5시간, 포항에서 울릉도까지 쾌속선으로 3시간 30분, 울릉도에서 독도까지 평화호^(울릉도 행정선)를 타고 2시간 30분. 오기는 어렵지만 오래 머물 수는 없어 더욱 애틋해지는 독도.

　하지만 마음만 먹으면 쉽게 올 수 있는 독도. 그런데도 이런 이유,

저런 핑계로 이제야 왔다는 반성과 함께 이제라도 왔으니 너를 사랑하는 마음 더욱 크고 깊게 가져야겠다는 각오를 새기는 데, 벌써 떠나야 한다는 방송이 들린다. 아쉬운 마음을 안고 배에 오르는 올 때 반겨 줬던 '장판 물결'이 미소 지으며 이별 인사를 한다.

바다는 물결로
나에게 말을 건다

부드러운
상냥한 미소 띠고
독도 잘 보고
많은 것 안고 가라고
한다

수억 년
수만 년
말 걸어도
그 뜻 알지 못해
가끔 심술부리는 것
이해하라며
잔잔한 바람 보낸다

아무것도 없으면서
모든 것을 품고 있는
독도 바다

대한봉 우산봉

잘 지키고 있을 테니
가슴과 머리에서
잊지 말고 간직하라고
한다

소리 없는
이별의 입맞춤
튕기면서

─「독도 물결」 전문

   울릉도 동남쪽 뱃길 따라 200리에 있는 獨島. 그러나 독도는 외로운 섬이 아니라 동해에 크게 우뚝 솟은 큰 섬으로 우리의 가슴에 뜨겁게 새겨 있다. 거기서 만난 괭이갈매기, 거기서 눈 아프게 본 독도 국화, 동도와 서도 중간의 오작교에서 낮잠 자며 쉬던 독도의 주인이던 강치들(일본 어부들의 남획으로 멸종됐다)…….

   그 모든 것을 눈과 귀와 가슴에 담아 돌아오는 길은 아쉽지만 다시 올 것을 기약하며 사뿐사뿐 평화호에 올랐다.

2017년 11월

홍찬선

쪽빛 바다에 물든 35인의 뜨거운 마음

이언주
(국회의원)

예로부터 나라가 위기에 있을 때 총칼로만 맞서는 것이 아니라 글의 힘으로도 맞서며 비장한 의지를 다졌습니다. 35인 시인들의 주옥같은 시에서 문득 단지(斷指)하는 선혈의 결기와 가슴에서 토한 뜨거운 열정이 보입니다.

일찍이 독립선언문으로 민족 대표와 백성들이 민족자결과 독립 의지를 알렸고 최치원이 황소의 난을 격전 없이 물리쳤던 '토황소 격문(討黃巢檄文)'도 익히 알고 있을 것입니다. 황소가 격문을 읽다가 너무 놀라 침상에서 내려앉았다고 할 만큼 글의 위력은 컸습니다. 역사 속에서 문학은 나라가 위태로울 때 한층 더 빛을 발했습니다. 일제강점기에는 탄압에 저항하며 자주독립과 애국애족의 결의를 시의 은유와 수려함으로 나타냈습니다.

독도는 우리가 꼭 지켜 내야 할 우리 땅입니다. 때마침『독도 플래시 몹』독도 수호를 위한 35인의 제2공동시집 발간은 부활하는 민족의 정기이며 문학을 통해 애국정신을 다져 보게 됩니다. 지금 우리나라는 독도뿐만 아니라 여러 사안으로 국가 안보가 몹시 걱정되는 시기입니다. 불행히도 동족으로부터 핵 위협을 받고 있지만 단단한 결기로 대한민국의 자유와 민주주의를 지켜 낼 것입니다.

　문학인의 정서와 시인의 자유로운 영혼이『독도 플래시 몹』으로 쪽빛 바다에 떠올랐습니다. 독도는 동해 바다에 의연히 있는 우리의 국토임이 널리 알려질 수 있도록 문학인의 결집으로 실천하는 계기가 되기를 바랍니다.

　다시 한 번『독도 플래시 몹』독도 수호를 위한 35인의 제2공동시집 발간을 축하드립니다. 앞으로도 계속 발전하고 이어 가기를 기대합니다.

2017년 11월
이언주

| 차례 |

독도
플래시몹

독도
플래시 몸

고영옥

우리 집 작은 농장
9월의 노래
가을 나그네
벗에게 쓴 행복 편지
경주 벚꽃길에서

고영옥

- 대구 출생(1961)
- 전국독후감감상문대회 대구지역(수성구)
  최우수상 수상(1997)
- 공덕문학상 수상
- 연인 신인문학상 시 부문 당선(2017)
- 한국독도문인협회 회원

우리 집 작은 농장 외 4편

흙은 참으로 위대합니다
하늘과 바람 자연과 씨앗
흙 묻은 사람의 손길마다
정성에 대한 답으로
옥상에서 베리들이
단맛나게 익어 갑니다

손끝에서
다독다독 키운 새끼들
부추 상추 깻잎 돌나물
실하게 익은 베리들과
싱싱한 채소잎
맞춤형 유기농 명품 채소
옥상은
우리 집 작은 농장입니다

어린 호박잎과 대궁 짓이겨
레시피 없는 나만의 요리로
잘 키워 낸 야채 수북히 넣고
발효 된장 한 수저 쓱쓱 비벼
맛난 점심 볼 가득 먹습니다

건성건성 뿌려 놓았던
열무 씨앗 어린 자식들
낯선 옥상으로 용감하게
쑥욱쑥 고개 밀고 올라와
제자리 다툼으로 바쁘고
성질도 급한 블루베리는
까맣게 대반란 중입니다

우리 집 작은 농장은
또 풍년입니다

9월의 노래

더 이상 그립지 않다
이참에 애타던 것들을
다 내려놓고
버거웠던 마음을
말갛게 씻어 낸다

번잡은 세상에
꼭꼭 갇혀 있던 내 모습
민들레 하이얀 홀씨
이제 너를 보내면
가벼이 더 가벼이
살아갈 수 있으리라

참지 않으면 천불 나서
못살 것 같았던
유정과 무정 사바의
동심이체 어린 행자여

묘법연화경 묘법연화경
아리 아리랑 아~라리요

가을을 이기는
여름은 없었다
더 이상 그립지 않다
9월에 떠난 사랑아

가을 나그네

서리에 젖은 꽃등 사이로
나래짓 바쁜 가을 나그네
벌써 와 버린 슬픈 계절에
어이해 너는 나를 찾아와
가을의 여심 흔들고 가나

내 사랑 꼬옥 다음에 만나자
빙빙빙 고추잠자리 한 마리
맘 여린 나를 부둥켜안고서
무슨 이유로
문득 사랑을 말하나

가을 나그네 같은
외로움의 몸짓
차마 돌아갈 수 없는
허상의 계절
너는 어이해
이 작은 꽃잎에 앉자
착한 나를
빨갛게 정이 들게 하나

벗에게 쓴 행복 편지
―거북이에게

스치는 바람에게
마음을 두지 말게

맑갛게 구름 한 점
가을을 지나가듯

비우고 또 비우게
버리고 또 버리게
그리고 더 많이
웃으며 지내시게

덧없는 인연 한 자락도
이별을 담은 한 잔 술도
깊어진 노래 한 소절도
무심히 흐른 강물이네

외로워하지 말고
그리워하지 말고
마음을 두지 말고
더 비우고 더 버리게

그리고
더 많이 행복하시게

경주 벚꽃길에서

벚꽃도 나도 이쁘게
화려한 황궁 소풍길
길동무 꽃동무 함께
경주 왕벚꽃 놀이길

봄바람 흔들려서
꽃지네 꽃이 지네
눈처럼 하얀 하얀
벚꽃잎 막 날리네

꽃 한번 피기 위해
한 세월 참고 견딘
눈부신 하얀 외출
꽃진 건 잠깐이다

꽃잎 꽃잎들 호르륵
봄길 따라서 호르륵
미련없이 가는구나

권
보
혁

권보혁

- 경북 영양 출생(1959)
- 대륜고, 경북대 졸업
- 연인 신인문학상 시조 부문 당선(2017)
- (주)동아엔텍 대표이사
- 국제라이온스 대구지구 경원라이온스클럽 회장

보물 1호 외 4편

내 나이 서른아홉
화창하고 푸른 봄날
천사의 몸짓처럼
힘겹고 애절하게
의지한 인큐베이터
귀한 보물 얻었지

어떻게 간직할까
어떤 모습 가꿔 볼까
생각이 바뀌고서
세상이 바뀌고서
소중한 사랑의 체험
내 삶 또한 변했다

어느덧 나의 보물
소장만 할 수 없어
아리게 애태우다
세상에 보냈더니

거치른 세파 흔들며
너울너울 헤쳤다

유리온실 넣어 두고
빛과 사랑 키웠어도
나만의 허황된 꿈
인간시장 바라보고
빛나는 보석이 되길
기도하고 있을 뿐

간절한 보물 될까
세상의 빛과 소금
나만의 보물 아닌
만인의 보물 되길
오늘도 나의 보물은
새벽같이 종종종

이슬을 따러 가듯
슬며시 사라지고
지나간 그림자에
자꾸만 애처로워
불현듯 가슴을 베고
비워 내는 속앓이

자화상

두메산골 작은 마을
산 너머 미지 향해
그리움 가득 찼던
시인을 꿈꾼 소년
형이 준 한 권의 시집
다 닳도록 외웠지

병풍 같은 산을 넘고
먼지 나는 버스 타면
푸른 꿈 그려 내며
바다를 동경했지
마음속 파도를 꺼내
청운의 돛 펼쳤다

일상이 메이도록
빈곤한 유학 생활
도시 속 숨고 싶어
일탈 후 돌아와도
향수에 젖은 자유인
싯귀마저 잊었지

인생 황혼 지금까지
한 컷의 단막으로
한 편의 인생 시로
표현할 길 없어라
간절한 시의 그리움
노을처럼 아린다

유년의 한때라도
문학소년 꿈꾸었지
수많은 감정 토로
빛바랜 노트들은
수줍어 세상 못 본 채
추억 속에 잠겼다

이제는 용기 내어
끄집어내어야지
기억들 간추려서
내 인생 덧칠할까
하늘서 봄을 맞을쯤
시집 한 권 남기리

독도 1

짙푸른 천년 전설
고이고이 간직하듯

손타지 않는 순수
신비를 가득 품고

풍상을
견뎌 낸 몸살
외로움도 낳는다

독도 2

조국의 바다 지킨
너로 인해 따스하다

검푸른 망망대해
최동단 해신 되어

끝없이
파도를 남겨
낙조 붉힌 모국어

독도 3

아, 그대 동해 먼 곳
저 홀로 우는구나
대륙의 진출 통로
교두보 삼기 위해
오늘도 자기 땅이라
능청맞게 우긴다

장하다 분신이여
거룩한 사랑이여
영원히 죽지 않는
불사신 모습으로
뜨겁게 애국가 불러
잠든 영혼 깨운다

권
오
정

나팔꽃 사랑
바람 같은 세월
바다, 그 太古의 소리
하늘 바다, 그리고 나
향나무 숲속에 잠든 恨

雲影 권오정

- 시집 『꽃불』, 『황금 실타래』, 『백년의 미소』, 『꽃 청산 언덕에 올라』, 『무심천에 바람불면』
- 전자책 『꽃불』, 『꽃청산 언덕에 올라』
- 청주시직지상 詩集 『꽃청산 언덕에 올라』, 제1회 매헌문학상 詩 『思無邪花』, 제5회 연암문학예술상 詩集 『무심천에 바람불면』, 전국시낭송대회 등 수상
- 국제PEN클럽, 한국문인협회, 현대시인협회 회원
- 충북시인협회, 농민문학, 시가 흐르는 서울 회원
- 이메일 koj8835@hanmail.net

나팔꽃 사랑 외 4편

아침 이슬 함초롬 머금고
피어오른 보랏빛 분단장
나팔꽃 내 사랑

꽃잎 흔들릴 때 안쓰럽고
꽃잎 질까 근심이네

명주 천 보드라운
내 고운 꽃잎 사랑

중천에 해 뜨거울까
꽃잎 접어 요람에 눕네

내일 아침 눈 비비고 일어나
내 너를 맞을게
다시 와 다오
어여쁜 내 사랑.

바람 같은 세월

새들의 고향 바람의 고향
독도는 나의 꿈자리

내 조국의 어여쁜 날들이
소곤소곤 숨쉬는 자리

지금 바람이 거닐고 있는 그 땅에
봄은 몇 번이나 왔을까

눈덩이만한 날들이 지나가고
허한 가슴, 두 팔 싸안아 보지만

다시 또 그만한 자리
싸아한 바람 스치는 소리

바람결에 머물다 간 날들
피는 꽃 지는 꽃은
몇 번이나 보았는지

속절없이 가는 세월
나의 꿈자리.

바다, 그 太古의 소리

저~
바닷가에 누워
파도 소리를 들으리
파도와 같이 숨쉬리

사념(思念)도 허물도 벗어 놓고
몸도 마음도 놓아 버리고
한바탕 생의 꿈도 떨쳐 버리고

그저 그렇게
바다와 같이 숨쉬리

와락 달려와 안기는 파도
와르르 쏟아지는 물안개
두 팔 가득 안았다 놓았다

하얗게 부서지는 물거품
심장 깊숙이 마셨다 뿜었다

안길 때는 간절함으로
떠날 때는 애틋함으로
나를 쓰다듬어라

바다
그 드넓은 가슴에 드러누워

뜨는 해 품었다
석양엔 지는 해로 내어주리

까만 하늘에 뜨는 별은
내 가슴에 푸른 별

보랏빛 새벽 오면
파도에 실려 보내리라

밀물 썰물
들고 나는 쉼 없는 파도 소리
영겁(永劫) 속으로 억만겁이 지났으련만

천지간에 미물(微物)
인간은 그대의 그리움

지상인지 천상인지
이 세상에서
가장 아득한 소리

까마득히 들릴 듯 말 듯
사라질 때까지

有限의 존재여!
無限의 소리를 들어라
그 太古의 소리를……

하늘 바다, 그리고 나

바다가 하늘을 만나면
하늘빛이 된다

하늘도 바다를 만나면
물빛이 된다

바다에서도 하늘 아래서도
내가 먼저 파랗게 물이 든다

허허로운 영혼의 빈 공간
그저 멍하니

하늘가 아득한 수평선을 바라보며
망연한 설레임의 비상을 꿈꾼다

하늘과 바다
그리고 나
남빛 출렁이는 바닷가에서.

향나무 숲속에 잠든 恨

한 줄기 푸른 바람으로 오세요

맺힌 응어리, 시름 겨운 세월에
휘돌아져 애달픈……
향나무 숲속에 잠든 천년 붉은 한(恨)

한 모슴 솔잎으로
솔기솔기 가닥가닥 풀어내어
사각이는 바람으로 오세요

출렁이는 바닷바람에 실어
우리의 가슴으로 오세요

솔바람
그 청청(靑淸)한 소리로 오세요

독도에 달 뜨면
발길 닿았던 이의 마음이라 여기세요.

금나예

금나예(본명 김은영)

- 홍익대학교 교육대학원 미술교육과 졸업
- 수원여자대학교 강사 역임
- 개인전 1회, 그룹전 30여 회 참가
- 한국미술협회 회원
- 문학세계 문인회 정회원
- 한국시조문학진흥회 이사
- 이메일 purpleart@hanmail.net

독도 1 외 5편

가슴을 철썩이며
태양을 맞이한다
물새들 자유로이
생명의 나래 펴고
시름을 비우는 바다
파도 소리 깊은 밤

화려한 산호 천국
한난류 교차하고
신비한 해양 생물
유유히 모여든다
동식물 오백구십 종
생명 낙원 우리 땅

독도 2

동서쪽 어깨 기대
천년의 밤 지새고
호연지기 그리면서
한민족 얼 서린 곳
푸르른 가슴 한 자락
풀어내는 수호신

설화를 남긴 걸까
깊은 파고 만들면서
산고의 눈물 자국
불러 낸 푸른 노래
어머니 그리운 사랑
물보라를 띄운다

능소화

기다림 없는 언약
닿을 수 없는 풍경
수양버들 바람 따라
애절하게 흔들리고

가슴에 파묻어 논
연주홍 편지 뜯어
맑고 고운 달님에게
목이 메어 읊는다

바람 많아 바람 부는
길목을 서성이다
하늘 길 타고 오른
님과 함께 춤을 추고

태양을 사모한 맘
사무치게 그리운 밤
주홍빛 꽃망울로
여름 하늘 적신다

오라버니의 땅

흙길색 닮아 가는
마디마디 굵어진 손
돌 자갈 골라내며
고랑 이랑 만들었네

짙푸른 산야 속
구부린 등허리 위
하염없이 지저귀는
산새들 노랫소리

산이 좋아 산에 살고
물이 좋아 물에 사는
오라버니 가슴 닮아
첫 눈에 품은 연정

새벽 물안개 허리 감아
괭이질 소리 아침 열면
황금 태양 머리 앉아
생명의 기운 싹 틔우네

검은 장막 곱게 펼쳐
수줍은 흙돌 잠재우고

고단한 삶의 주름
주홍빛 노을에 걸쳐 놓고

무거운 걸음걸음
초록 질경이 길 따라
한평생 흘린 땀내
맑은 계곡에 씻어 내리

검은색 씨앗 한 톨
명이 곰취 키워 내려
빗소리 바람 소리
밭고랑 따라 흘러가듯

가벼운 살림살이
홀홀 털어 떠나온 삶
대지 위에 이끌려 온
광활한 캔버스여

하늘 향한 흙빛 얼굴
껄껄 웃는 웃음소리
푸르른 작품 되어
삶의 향기 영원하리!

연두

연두가 초록보다
연하다 단언마라

한밤의 칠흑 세상
숨죽여 기다려 온
새벽녘 여명이
흐릿하다 할 수 있나

온갖 만물 잠들어도
혹한 세상 다 얼려도
고통 속에 뻗은 손길
생의 희망 붙든 징표

사시나무 떨던 가슴
앙상한 손 입 맞추고
잠든 심장 흔들어
생명의 순 틔우니

연두색 인고의 색
초록보다 진하다

별

칠흑 같은 밤일수록
별빛은 보석 되고
아픔이 진할수록
작은 희망 하나가
생명이 된다

삶의 고비고비
모래사막 넘나들던 이는
어느덧
생명의 이슬 고이 모아
겸허히 삶 속에 뿌리 내리고

세상사 높고 낮음이
하나임을 깨우쳐

깊은 밤
고요의 옷자락을 펼쳐 놓고
맑은 영혼
혜안의 별빛 되어
어둔 밤하늘
보석이 되었네

김
고
은

독도
갓바위
홍매화
행복 어린이집
독도행

김고은

- 주부
- 강원도 고성 출생(1967)
- 연인 신인문학상 시조 부문 당선(2017)

독도 외 4편

사나운 파도가 때리고
잔잔한 물결이 한없이 간지럼 태우며
갈매기 힘겨운 날갯짓에
여기저기 마구 앉아
가슴을 쪼고
머리를 쪼아도
한없이 깊은 마음으로
안아 주고 포옹하는 독도여

내 그곳으로 달려가
상처 난 곳곳을
투박한 손이지만
어루만지며 조그만 위로가
되고 싶다

성난 파도를 만나서
너무 때리지 말라고
으름장 놓고도 싶고

간지럼 태우는 물결에게도
살포시 대어 주기만 하라는 부탁과
갈매기도 만나

간지럼 태우는 물결에게도
살포시 대어 주기만 하라는 부탁과
갈매기도 만나
그냥 날개 접고 편히 쉬다 가라고
애원도 하고 싶구나

영원한 우리의 사랑 독도여
바다와 하늘이
또 굽어 살피어
상처받지 않고 우리와
영원한 사랑을 나누길 기도한다

갓바위

앉을 자리 물론이고
설 자리 없는 풍경
앞사람 궁디 앞에
절할 수 없는 상황
혼자라 여유롭지만
군중 속은 외롭다

이마에 스친 바람
은근슬쩍 묻은 가을
귀뚜리 뛰어들며
울음을 토해 내고
안으로 기어들어 간
낮달마저 부른다

반 조각 먹은 자두
나같이 생긴 걸까
불쌍히 여긴 연민
남은 반쪽 덥석 물고
올해는 혼자가 아닌
연리지를 꿈꾼다

홍매화

도대체 울 공주님 어느 별 온 것일까
가만히 묻는 할미, 미소만 짓는 아가
초록빛 할머니 길별
울 공주를 보냈지

그렇지? 묻는 바람 타고서 온 것일까
그 무슨 뜻인지를 알고서 대답하나
홍매화 같은 입술로
네~라고 말한다

할미를 사랑해요? 네~라고 속삭인다
할미가 세상에서 젤 좋아요? 네~란다
동심을 관통한 대화
붉디붉게 또 핀다

아직도 철이 덜 든 할미는 속이 없다
저 좋은 말만 하고 행복 겨운 함박웃음
손녀의 대답 한마디
사랑해요 공주님

행복 어린이집

―세 살 영은이

자꾸만 보게 되듯 입이 귀에 걸려 있다
어느새 마음 한편 한없이 맑아진다
앙앙앙 깨물고 싶다
꼭꼭꼭 안고 싶다

그냥 막 여기저기 뽀뽀 세례하고 싶다
너무너무 예쁘다 너무너무 귀엽다
정겨운 종달새처럼
살살 녹인 솜사탕

독도행

동대구서 포항까지
뜨거운 가슴 안고
하늘을 즈려 밟듯
영천호 비워 내고
삽시간 달리는 열차
두근두근 또 뛴다

포항항 시작해서
머나먼 독도까지
물보라 남기면서
최동단 향한 여정
오늘은 바람을 풀어
부산스레 달린다

빠르게 솟구치는
물살들 격랑 되어
시대의 아픔들로
고스란히 밀려오면
온전히 지탱한 자리
독섬처럼 아리다

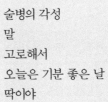

김덕영

술병의 각성
말
고로해서
오늘은 기분 좋은 날
딱이야

죽화 김덕영

- 전북 정읍 출생(1965)
- 문학세계 시 부문 신인상
- 다솔문학회 회원
- 한국문인협회 회원

술병의 각성 외 4편

한 잔의 술로 만취하고
두 잔의 술로 길바닥에
나뒹굴었다

술은 식도로 들어갔는데
왜
기도가 막힐까

나는 한탄을 움켜쥐고
폭우 속에 방치되었다

말 한마디 삼키지 못한 죄로
하루가 천년이다

나는 무사히 귀가할 수 있을까

말

갖가지 사연 어깨에 짊어지고
일터로 나선다
알아주는 이 없어도
발걸음 가볍다
오토바이에 실린
사연과 나는 한 몸이다
나는 사연을 품은 집배원

목 빼고 나를 기다리는 사람들
아니 사연을 기다리는 사람들
알 수 없는 사연을 건네고 돌아서면
고맙다는 인사가 등을 툭툭 친다

펑펑 쏟아지는 땀방울
고맙다는 인사에 시원하게 느껴지고
무겁거나 가볍거나 숱한 사연
다 내려놓고 나면
어깨를 짓누르던 하루의
시름이 싹 가신다

고로해서

살아가는 것에
분명 명분이 있고
이유 없이 눈물이 고임은
분명 세월의 연륜이라

사소한 얘기에 귀가 솔깃하고
드라마 보다가 눈물지며
웃는 모습
반 박자가 늦어지는 반사행동

엇박자 나는 언행에
즐거운 건 내 마음
스스로 행복하고 즐겁고
좋아하고 사랑하는
이 순간이 있음을

출발선은 다르나
느끼고 보고 행할 수 있는
시간을 갖고 있음이
모두 같은 날에 희망으로
더불어 살아감으로 나는

오늘은 기분 좋은 날

사랑합니다
정말
받기만 하다
줄려니 붉어진 얼굴
어찌할 거나

그날인가 봐
마음에 새겨진
생각만 해도
문득
떠오르는 얼굴

음 왠지
넉넉해지고
두근두근
콩닥콩닥
기분이 너무 좋아요

덕분에 기분이 좋고
사랑받고 사랑합니다

딱이야

옷깃을
스친
연
인연의
징표

딱
안성맞춤
가감이
없는 마음
딱이구나

본연의 생각
주저함이 없이
내게로 다가와
물망초가
되었구나

김
동
광

가을
구절초
빈방
능소화
딸 방에 핀 한 송이 꽃
세상 다 그렇지
기억
어느 날엔가

월광 김동광

• 충남 논산 출생
• 시세계 신인상
• 역동시조문학상 신인상
• 문학세계 문학상 시조 부문 본상 수상
• 공저 『베이비박스 1』, 『독도 플래시 몹』(2016)

가을 외 7편

불타듯 물들이는 설악의 단풍들도
새벽녘 동쪽 하늘 번지는 붉은 풍경
계절에 변함없듯이 물들이는 맘일세

구절초

아홉 번 꺾인 사연 알 수는 없겠지요
인생사 고비마다 일어선 의지일까
그윽한 짙은 향기는 그녀 인해 맡았네

키 작은 구절초야 군락으로 꽃피나
아픔도 함께하니 의지한 우리였지
사랑만 기억하면서 여기까지 왔을까

빈방

우울의 바다를 건너왔어요
안 좋은 예감은 적중하고 소리 없는 벼락을 맞고
꺼이꺼이 울음을 삼켰어요
불쌍한 유년이 번개처럼 지나쳤지만
유실되지 않았어요

빈방에 우두커니 양복 한 벌만 운명을 바라보고 있어요
멈춘 시계 멈춘 세상 멈춘 슬픔

하얀 거탑을 다녀오면
미안함에 울음이 쏟아졌어요

다투다가도 웃는 것처럼
행복하다가 불행이 왔지만 좀처럼 떠나질 않아요
봄과 겨울이 열 번을 지나쳤지만
아이들 방은 완연한 고요함만 남았어요
덩그러니 놓인 퍼즐 조각이 기억을 아리게 하네요
시시콜콜한 물음과 쌔근거리던 숨결들

이제
무엇을 할까요
별일 없었다고 웃으며 안부를 물을까요
사는 게 힘이 든다고 위로를 받을까요
타인처럼 예까지 와서 울컥 울까요
빈방에서

능소화

능소화 전설이야
진작에 알았지만

구중궁궐 외로움을
어떻게 헤아릴까

붉은 꽃 여인의 정절
사내 마음 홀기네

한적한 달빛 아래
그리움 적셔 놓고

담장 밖 어느 세상
보고픈 나의 임아

한 서린 여인의 마음
누가 와서 달랠까

딸 방에 핀 한 송이 꽃

딸 방에 수국 한 송이 피어 있다
잘 정돈된 화장대
가지런히 꽂힌 책들
커튼을 열고 화사한 햇살과 싱그러운 바람으로 환기를 하며
수국의 꽃말을 찾으니
변덕 진심 처녀의 꿈
저 꽃의 꽃말을 알고 샀을까
아장아장 걷던 기억과 학기마다 상을 탈 때 아내만 갔었는
데 어느새 저리 컸을까
대학을 못 보낸 미안한 마음은 늘 마음 한쪽을 짓누른다
주말에만 잠깐 보는 딸애는 이제 소녀에서 어엿한 숙녀
아직도 잠꾸러기 어린아이인데
화장한 얼굴을 보면 숙녀에서 여인으로 커 가는 것 같다
용돈을 줄 때만 아빠 꼭 효도할 게요 하지만 난 번번이 그것
공갈빵 아니지 하면 딸애는 정색하며 아빠 나 못 믿어 하며 진
심이란 걸 말하면서 볼에 뽀뽀한다
지금처럼만 커다오
한 송이 수국은 풍선처럼 둥그렇게 피어났다
꽃 중에 제일 오래 핀다는 꽃
관심을 놓으면 금방 시들지만, 관심을 보이면 금세 피어난다
는 수국

오래도록 피어 있길 바라며 딸 방을 나왔다
딸아
제일 이쁘게 피어나 좋은 사람 만나거라
행복한 결혼 생활이 최고의 효도다
틈틈이 모으는 너의 결혼식 비용 많을수록 좋겠지
많은 꽃잎의 수국처럼
하얀 드레스의 처녀의 꿈 행복하렴

세상 다 그렇지

아이가 자라나서 세상을 맞이할 때
웃음보다 울음을 알았더라면
조금은 솔직했을까

인생은 긴 여정이라는데
지치면 쉬어 가는 지혜가 필요하듯
넘어지고 아프고 울음이 나올 때
찾을 사람이 없다면
그건 비극인 거다

잘못을 탓하고 후회를 해 봐도
많은 시간과 아픔을 견딜 인내
사랑은 순간의 환각같이 자아를 잃고
먼 옛날의 에고가 그립다

어리석음을 깨닫지 못하고
남의 지식만 흉내 낸들 나무만 볼 테지
하늘과 산과 들 강과 바다의 웅장함
모든 걸 받아들이고 품는 자연의 위대함
죽음도 생도

미물 같은 존재의 나
과정을 생략한 결과는 없다
느끼고 생각하고 경험하는 실체적 학습
세상일이 다 그렇다

기억

둥글게 살라 했던 옛 친구 어디 갔나
서둘러 떠난 이유 알 수는 없겠지만
긴 세월 불렀던 연가 어디 가서 부를까

서글픈 유년 시절 서로가 의지하고
떠났던 고향산천 많이도 변했는데
친구야 그립던 옛 동산 푸르름 그대로네
위하네

어느 날엔가

어느 날엔가 당신은 알 것입니다
젖은 마음을 말릴 수 없음을

햇빛은 언제나처럼 비추지만
유별나게 따사로운 날
아지랑이 같은 현기증 속에
흘린 눈물 한 방울
또 서서히 알아야 하는 햇빛의 말들

오래도록 머물다 간 시간들이
문득
그 사람 얼굴이 비추면
미안함으로 묻어나는 한숨들

봄이 아니더라도
따스한 말 한마디 못한 거에
햇빛에 눈물 한 방울 흘릴 것입니다

김명옥

면회 가는 날
상병 김신우
홍련암, 잠든 스승
여미지 식물원
태백, 겨울 탄광촌

김명옥

• 아호 윤도
• 한국독도문인협회 회원

면회 가는 날 외 4편

통일로 헤치면서
칼바람 맞서 간다
민둥산 보인 북녘
철조망 얼었는데
사무친 모자의 사랑
대한마저 녹인다

내 새끼 곱게 자란
집안의 귀염둥이
이제는 철들어서
나라의 충성둥이
이등병 거수경례에
울음보가 터진다

상병 김신우

가을을 담은 마음
너에게 달려간다
복사꽃 같은 미소
날리는 함박웃음
굵은 선 그어진 경계
넘어서는 어미 맘

철조망 가시 바람
단내를 풍기고서
두툼한 얼룩 야상
눈바람 버텨 낼까
함께한 공업의 인연
GOP의 전우애

그토록 기다리던
후임병 동반 면회
병영의 스물일곱
허탈한 웃음 짓고
알뜰히 챙겨 준 치킨
영락없는 선임병

홍련암, 잠든 스승
―묘웅 스님 만나다

육신의 병든 몸을
사르는 버선발로
허공을 가로젓던
애잔한 퍼포먼스
생과 사 끈질긴 인연
잊으려는 춤사위

동짓달 칼바람도
잠이 든 한 겨울밤
한계령 굽이마다
폭설이 내렸다고
쇳소리 뚫고 울리던
성성한 그 목소리

여여함 허허로움
내 알지 못할 적에
철부지 어린 보살
찻잔에 술 마셨지
부끄런 차와의 인연
맺게 해 준 노스승

회색빛 작디작은
차관도 앙증맞다
차 넣고 물 부어서
녹향을 꽃 피우다
삶보다 더 질긴 인연
건져내듯 비운다

* 5년 전 입적한 스승 묘웅 스님이 홍련함에 모셔져 있다.

여미지 식물원

봄 햇살 뛰는 가슴
식물원 들어서니
천리의 은은한 향
동양을 넘나들고
화접원 꽃과 나비가
샛노랗게 웃는다

유채꽃 있던 자리
꿈 키운 다육식물
야자수 칼날 세워
바람을 비껴가듯
나른한 오후의 방황
웃음 짓는 한나절

똥돼지 굽는 연기
오감을 자극하고
한잔의 한라산에
몸과 맘 풀어지듯
마라도 수려한 정취
배부른 뒤 보인다

태백, 겨울 탄광촌

흐르던 검은 눈물
가난을 벗어난 듯
산천어 찾는 계곡
이제는 산소 도시
허름한 판잣집 터엔
하늘 높은 아파트

식목한 자작나무
잔설 위 윤이 나고
고향을 찾은 발길
함백산 높은 고개
가난을 끊던 가장이
누워 있는 그 자리

갱도 밑 수백 미터
탄 캐던 울 아버지
먹물 강 이룬 지류
유년기 탄광촌도
하얀 물 하얀 바람을
꿈인들 꿔 봤을까

김
미
경

닭
아버지의 고독
거울
비 맞은 책가방
밤의 소리
사람의 마음

김미경

- 공군 5718부대 근무
- 한국방송통신대학교 국어국문학과 졸업
- 동국대학교 행정대학원 졸업
- 공저 『동인지 아리랑꿈』, 『독도플래시 몹』
- (현) 계룡시의회 의원(재선)

닭 외 5편

계란 사태로 대한민국이 몸살을 앓고 있다
참담한 기분이 드는 먹거리에 대한 불신
계란을 생각하자 어린 시절 겪은 닭에 관한 일이 생각나 몇
자 적어 본다

그해 여름방학. 시골 고모 댁에서 여름을 나고 있었다
소나기가 지나간 어느 더운 날
알록달록 고무신을 신고 갓 사귄 마을 친구 집에 놀러 갔다
마당을 들어서며 농기구를 챙기시는 친구 아버지께 꾸벅 인
사를 하고는 친구를 부르려던 순간, 맹렬한 기세로 나를 향해
돌진하는 닭을 보았다
잡아먹을 듯 똑바로 노려보는 성난 눈동자
목 옆으로 가시처럼 퍼진 갈기와 양옆으로 펄떡이는 날개
땅을 찍어 누르듯 딛으며 소나기 뒤의 흙덩이를 움켜쥔 발톱
어찌할 틈도 없이 다가온 닭은 눈높이까지 펄쩍 뛰어오르며
나를 위협했고, 나는 외마디 비명을 지르며 마루로 도망을 쳤다
신발이 한 짝은 벗겨지고 한 짝은 신은 채로 마루로 올라섰
는데, 어느 틈에 나를 따라 마루로 올라선 닭은 고무신이 벗겨
진 발뒤꿈치를 그 견고한 부리로 쪼아 댔다
비명을 지르며 작은 방문을 열자 낮잠을 자던 정순이가 깨어
났다

내 뒤에서 씨근대며 분노를 삭이지 못하는 닭을 본 정순이가 모든 상황을 눈치채고는 빗자루로 닭을 위협해서 마당 구석으로 몰아냈다.

　그때까지 이 모든 것을 다 지켜보신 친구 아버지는 닭을 보며 대견하다는 듯 "고 놈 참, 고 놈 참."을 대뇌이셨다

　닭이 그런 걸 알면서 친구를 조심시키거나, 닭을 격리시키지 않았다고 정순이는 투덜대며, 모이를 줘서 닭을 한쪽으로 몰아 중간 문 안에 가뒀다.

　나중에 안 것이지만 정순이는 우리가 놀러오면 여러 마리의 닭 중에서 장닭이라 부르는 그 수탉만 격리했기에 아마도 우릴 공격할 기회만 노리고 있었지 않았나 싶다

　우두머리인 이 닭은 자기 영역 안에 침입자가 오는 것을 용납하지 않는데 정순이네 장닭은 동네에서도 소문난 사나운 장닭이었다

　그날 밤 놀라 헛소리를 하며 잠에서 몇 번을 깨는 나를 보신 고모가 뒷날 정순이네 아버지에게 따지셨고, 정순이 엄마가 애호박 몇 개를 싸 오셨고, 고모도 호박전을 정순이네 집에 주시며 소동은 일단락되었다

　닭이라고 하면 병아리를 품은 암탉만 생각하던 내게 그날 일은 닭을 달리 보는 계기가 되었고, 친구 아버지의 닭에 대한 무

한 사랑의 눈빛을 떠올릴 때마다, 닭도 강아지 못지않게 집을 잘 지키는 반려동물로 손색이 없겠다는 생각을 하곤 한다.

물론 성난 닭의 그 매서운 눈빛과 신발이 벗겨졌던 오른쪽 뒤꿈치의 아릿한 동통이 새삼스럽지만, 그때의 암탉들이 낳았던 계란은 참으로 건강했을 것이다

껍질이 잘 깨지지 않고, 계란 노른자도 잘 풀어지지 않았던 것은 맹금류의 공격에서 살아남기 위해 늘 주변을 철통같이 지키던 수탉의 보호 아래 후손을 이어 가려던 닭들의 생존본능 환경을 우리가 충실히 만들어 줬기 때문이 아닐까 생각한다

이번 사태가 그런 환경을 만들어 줄 새로운 전환점이 되기를 바란다

잘 키운 건강한 계란과 제대로 값을 치르고 우리의 건강을 담보 받기

그 혈기 왕성했던 수탉을 기억하며, 그때의 그 건강한 계란들을 다시 만나고 싶다.

아버지의 고독

엄마의 부재는 아버지 등뒤에서 선명하게 나부끼고
환한 웃음으로 포장된 미소 뒤에 찬바람이 휘돈다
명랑한 미소 위에 부서지는 고독
누구도 대신 못할 부재의 광야
어깨에 내려앉은 햇살보다 투명한 그리움의 넓이
가늠되지 않는 멀고 먼 외로움

43년 동반의 여정에 이별의 말조차 못 나누고
허무하게 놓아 버린 반려의 빈자리
알뜰한 보살핌
살뜰한 어루만짐
채워지지 않는 빈자리는
오늘도 한 뼘 더 커져 간다.

거울

그날은 하루 종일 엄마가 보고 싶었다
눈물을 글썽이며 엄마가 보고 싶다고
어린아이처럼 침대 위를 뒹굴고
잠결에도 울었다

그러고는……
아침에는 잊어버렸다
말갛게 화장을 하고 몇 번이고 거울을 보며
이쁜 표정도 지어 보면서 아무렇지 않았다

해 질 녘 퇴근 무렵
수많은 사람들이 스쳐 가던 길거리 작은 소품가게 앞에서
난 엄마를 만났다
그렁그렁 눈물이 어룽져서 나를 바라보고 있는 엄마!

나도 모르게 주저앉으며 소리 죽여 울었다
엄마, 어디 계시다가 이제야 오신 거예요……
엄마도 마주앉아 우신다

그러다가 퍼뜩 정신이 들어 보니
엄마가 아닌 내가 나를 보며 울고 있다
그렇구나, 그렇구나
어느 틈에 내 얼굴에서 엄마의 얼굴이 보이는구나

그렇게 거울을 보듯 내 얼굴에 엄마가 있다.

비 맞은 책가방

세상의 마음이 비워 놓은 한쪽 자리
간간이 세월 가는 바람들만
여름날 햇살을 맞으며 사랑을 품는 시간
우리 아이들 뛰어놀던 거친 호흡 소리
텅빈 운동장에 새 한 마리 동무를 기다리고 있다

아이들이 돌아간 한가로운 공간에
모래알은 말없이 소꿉장난 흔적을 안고
비 오는 물줄기 담장 밑을 파고들며
동심의 추억을 냇물처럼 흘려 가는데
주인 잃은 책가방
비를 맞고 우두거니 앉아 있다.

밤의 소리

이슬방울 어둠의 눈동자
산천 곳곳 찾아 내린 밤 그림자
창문마다 불빛도 껌벅대는 꿈자리

초승달이 구름 위에 걸터앉아
별빛과 속삭이는 하늘가에
고향 뒷동산 뛰어 노니는 하얀 토끼

어느 집 가장의 취한 발자국 소리 위로
칭얼칭얼 잠투정 아기의 잠결도 포근하다
수험생의 무거운 눈꺼풀도 용서되는……
세월도 조심조심 발자국 내지 않고
곳곳에 쌓인 사연들을 품어 주는 부드러운 밤.

사람의 마음

주는 줄 모르고 주는 상처
작은 속삭임도
날카로운 비수마냥 춤춘다

너무도 차가운
돌아섬의 냉정함
그 또한 눈물로 후회하리
머리 검은 짐승
거두지 말라 하였으나
매정치 못한 것이 못난 안타까움
작은 입술로 했던 맹세
지키려 하나
세상 일 또한 마음 같지 않아라
어울렁 더울렁 함께 가세나
사람 일이란 것이
마음처럼 되던고

이 또한 지나가지 않겠나
세월의 흐름에 맡겨 놓고
지금은 아픈 마음 부여잡고
돌아보면

어려서 그렇거니
세상 몰라 그렇거니

아이야
아직 어려 그러하거늘…….

* 2013. 7. 헤어짐에 가슴이 무너진 지인에게.

김성훈

원한의 꽃
독도 외딴섬
외딴섬
아, 간도를 반환하라
독도 대한의 뜰

김성훈

• 시세계 여름호 신인상(2015)
• 역동시조문학 신인상(2016)
• 한국시조문학진흥회 이사(2016)

원한의 꽃 외 4편

절망이 파도 타 돌섬을 먹던
뫼 가에 한 꽃이 피었다

한이 잘근잘근 눕힌 산아
시간을 붉게 태워 잊고 싶은 그날은
지남이라 새 꽃이 핀다

미소 머금은 새 땅
한이 맺혀 영글어 가는 축복의 날개
피웠다 방출을 한다

집 떠나는 구름을 타고
갔다
너희도 언젠가는
눈발에 발 굴림의 소리 덮이리다

독도 외딴섬

핏방울 튄 풍파 맞 파도는 돌아와 돌섬에 섰다

외로워도 애국의 큰 섬으로

맘 하나의 조국

흙 뿌리도 한국의 얼을 잇고

시절을 태운 슬픔이 곤두선 바램은 태극기에 살아났다

씨알은 한글로 와 섬 꽃 피어났고
영원히 단 열매로 살리

진실에 거리 둔 가증의 본색은
헛것에 집착한 역사에 빠져 값을 치러 간다

역사 왜곡은
뼛속의 영혼을 뽑아 후손들의 피를 죽이는 것
후대에 큰 죄악을 씌워 나르는

잘못을 키워 사나
구렁텅이 썩은 나무에 부끄러움을 주렁주렁 달고

처마 밑에 향 피워 죽어 가리

외딴섬

멀리멀리 타향의 섬

내 기억이 구석진 모퉁이로
수줍은 미소도 잊힌 긴 시간이 흙속에 묻어 갑니다

아무도 모른 날이 긴 세월로
외로워 있습니다

기억이 이어진 실 줄에 매여
숨소리 허덕인 거친 갈망한 파도는 없습니다
두든 발소리 자분 먹고 가는 그 목청에
이어 사나 돌섬이여

밀려 밀려오라
파도의 감성이 배불러 꿈꾸는 섬에 돌 하나
하나 더 없은 마음 나라 사랑의 충정이
내 나라 땅이 됩니다

뿌리는 하나로
조국이 부른 호흡을 기억해
발길의 다리 놓아 대한의 육지로 이은 마음 돌 하나
돌섬에 놓아 봅시다

아, 간도를 반환하라
—중국에게 고한다

억울한 1909년
굴욕의 강제 할양
간도를 차지하는
국제적 불법 협약
간 빼고 쓸개 챙기는
제국주의 딴 속셈

한민족 분노의 땅
찾아야 되는 간도
속 주고 정 주면서
살 수가 없는 현실
한 세기 주인 행세를
이제 그만하그래

지나니 바람이요
떠나니 미련일 뿐
내 땅을 빼앗긴 채
분노의 나팔 분다
중국이 돌려줄 차례
이제서야 밝힌다

일제의 계략으로
넘겨진 한국의 땅
피바람 살을 찢듯
국토가 유린되고
일본의 패망 그 자체
협약 무효 근거다

용기여 싹 틔워라
바람결 별을 깨워
내 땅을 찾는 의식
광화문 시작해서
북경의 심장부까지
촛불 들고 나서자

독도 대한의 뜰

바람에 돌도 피워 허기진 외로운 숨소리
허덕이는 작은 땅 섬이 운다

늑대의 이빨과 그 발소리
거저먹던 그 사악함에 잘근 씹던 그 입 아직인데
주인은 나그네 외면의 섬인가?

배 한 척 나라 맘 놓을 섬에 들지 못하고
뱅뱅 돌다 돌아가야 하니
싫다

맘을 놓고 애정을 놓고 나라 사랑 애국을 놓아 가
대한의 숨소리 뿌리로 독도에 심고 싶다

저 바람이 멈추지 않는 한 나는
내 나라 땅 돌 초병을 불러 독도 섬 마음 되어 살겠다

김시화

힘 합쳐 지키는 섬
거미
안개
폭풍의 언덕 3
문풍지 지나는 바람

김시화

- 강원도 정선 출생
- 문학세계 시, 수필, 동시, 소설, 동시조 부문 등단
- 시조문학 시조 등단
- 제1회 이해조문학상 시조 부문 수상
- 문학세계문학상 시조 부문 본상 수상(2016)
- 제4회 수안보온천 시조문학상 본상 수상(2017)
- 제13회 사계 김장생문학상 본상 수상(2017)
- 한국시조문학진흥회 부이사장(2017)
- 시조집 『그대 위한 사막』(2017)

힘 합쳐 지키는 섬 외 4편

그 섬엔 우리 땅인 한반도 모양 있다
독도는 울릉도의 부속섬인 일본 자료
안용복 일본 문헌에
근거해서 진술함

독도를 병참기지 사용하려 강제 편입
이 섬은 주인 없는 땅이라는 억지 주장
탐욕의 섬나라 야욕
힘 합쳐서 막으리

거미

어디가 내 집이고 어떤 것이 내 삶인가
여태껏 집을 찾아 삶을 찾아 헤매었다
찾은 건 황량한 사막
바람 부는 동굴 속

무엇이 내 글이고 써야 하는 대상인가
아직도 그걸 찾아 어둠조차 더듬는다
오로지 알 수 있는 건
더듬으며 걷는 것

안개

창백한 소양강의 갈바람 타고 가네
외로운 한 여자의 울음을 가득 담고
길고 긴 기다림 속에
터트리는 안개꽃

서글픈 잿빛 행렬 여인의 눈물인가
고독의 선율 따라 말없이 흘러가듯
꿈속에 다시 돌아와
피어나는 그리움

눈부신 여인이여 소양강 처녀 되고
이제 난 그대 안고 만추를 걸어가리
긴 세월 돌고 돌아서
입 맞추는 상사화

폭풍의 언덕 3

폭풍의 전율 이는 의식 속에 빠져든다
격정의 신음 소리 타오르는 붉은 광기
문학의 알바트로스
불사조의 날갯짓

가혹한 저주의 운명 유령처럼 살았지만
세상에 보여 주는 위대한 시인의 삶
피할 수 없는 폭풍이
몰아치는 격동기

문풍지 지나는 바람

가을 녘 젖어드는 노을빛 단풍잎들
우수로 빚어내는 빛깔로 아름답다
나 혼자 님을 못 찾듯
낙엽처럼 서럽구나

문풍지 지나가는 바람이 님이던가
소리만 울려 놓고 야속하게 가 버린다
아련한 그림자 길게
서럽게도 남는다

문문자

그 이름 독도
독도의 하루
꽃과 시와 친구
꽃차
이별 후에
행복

문문자

- 경북 김천 출생(1966)
- 지례중학교, 김천성의여고 졸업
- 경인총신학대학, 차이나포럼경영자대학원 졸업
- 영남법률대학원, 파워포럼 졸업
- 시세계 신인상 등단(2015)
- 시집 『지슴들도 사랑하면 연리지가 될 거야』(2017)
- (현) 라이온스 356A지구 태연클럽 회장
- 한국화장품 대구신천지사 운영

그 이름 독도 외 5편

너의 이름은
네 이름은 독도이다

본토의 힘든 역사를
안타깝게 지켜보며
이놈 저놈들의 농간에
다르게도 불렸다만

묵묵히 홀로 그 자리에
네 이름은 분명 독도이다
세종실록지리지
우산도와 무릉도는
독도와 울릉도였으니

두 섬이 멀지 않아
청명한 날엔
마주보고 웃기도 하였어라

교활한 왜국인들
나라를 훔치고 독도를 훔치고

강제하여 귀속한들
민족의 발자취가 서려 있고
진실의 역사가 지켜본다

힘 없던 굴욕의 역사에
쌍스러운 다케시마 이름표
시궁창에 내던지고
독도란 이름을 천명한다

잊지마라 독도여
네 이름은 독도여라
외롭던 세월 새겨 두고
이별 없는 역사를 쓰겠노라

독도의 하루

고기 잡는 채비의 아버지
생선국 끓이시는 어머니
철없이 뛰어노는 아이들

외딴 어촌의 어느 집처럼
독도의 모습은 평온하다
엄마, 아빠 두 개의 섬과
조잘조잘 애기들 섬

누가 외롭다 했는가
낮이면 뭍 친구들 찾아 주고
밤이면 물새들 쉼터로 내어 주고
새벽이면 태양을 마중하며
아침 맞이 분주하다

울릉도,
형님 댁 안녕하십니까?
대한민국,
아버님 댁 안녕하시지요?

독도는
가족이 되고 이웃이 되고
푸른 동해 길 문지기 되어
또 하루를 연다네

꽃과 시와 친구

누군가
기다려 주지 않아도
망울은 인고의 아픔을 깨고
자신을 가장 아름답게
꽃피운다

누군가
읽어 줄 이 없어도
수많은 싯귀절 중 하나쯤은
따뜻한 사랑빛 되어
가슴에 머무리라

친구는
대답해 주지 않아도
자꾸만 이름을 부르는 건
나의 연약함이 아닌
그리움 때문

꽃차

꽃이 피면
꽃이 웃으면
너무나 이쁘다
한 시절 잠깐일지라도

꽃이 지면
꽃잎이 떨어지면
너무나 쓸쓸하다
다시 필 언약만 남기고

떨어진 꽃잎
버려진 꽃잎
화려한 추억들 모아
정성스레 다독여 말려서

누군가 그리울 때
살포시 물에 띄워
향기로움으로
눈 속 가득 아름다움으로
그리고 가슴으로 마신다

꽃차는
행복하고 싶을 때
사랑이 그리울 때
마지막 잎까지 녹여서
내 안의 행복을 깨운다

이별 후에

기다리면 오신다던 약속 잊었나요
그리워 보고파 울다 잠이 듭니다

사랑했던 추억들도 모두 잊었나요
가슴속에 그대 떠난 그곳엔
아직도 사랑했던 흔적 가득한데

다시 돌아온단 약속을 믿으며
상처가 깊이 패여 쓰라려도
오직 그대를 사랑합니다

이제는 돌아올 수 없는 길 떠났나요
그대를 다시 한 번 더 느낄 수만 있다면
타 버린 가슴일랑 묻어 두고
진정 그대를 잊어야 하나요

가 버린 당신 야속한 당신
사랑을 깨워 놓고 온 세상 흔들어 놓고

까맣게 멍든 가슴 자꾸만 아파 와도
이젠 당신 이름을 지웁니다

행복

행복은
이면지 같은 것
하얀 백짓장 위에
행복 그리려 불평하지만
뒤집어 보면
지나온 행복 빼곡하다

행복은
나그네 같은 것
왔다 가는 여운에
아쉬워 부여잡고 싶지만
돌아보면
날 찾는 이 하 많기도 했는데

행복은
내 곁에
내 마음속에
언제나 그 자리에
일기 되어 쌓여 있었다네

박
귀
자

독도 갈매기
천년의 꿈
간도협약 무효 청원
석류
해안 초소
독도 새우

박귀자

- 울산 출생(1964)
- 역동문학상 신인상 수상
- 한국시조문학진흥회 회원

독도 갈매기 외 5편

여객선 뱃길 따라 창공을 빙빙 돌다
먼 곳을 정찰하듯 날갯짓 퍼득이고
염탐꾼 사냥하듯이
연신 울며 지킨다

검푸른 파도 높이 솟아올라 너울지고
돌아온 강치들의 최동단 물살 속에
V자로 우리 땅이라
떼 지어 줄 긋는다

천년의 꿈

나 하나 서 있어도
달라지는 연대의 힘

독섬의 뿌리들도
평화의 파도 낳고

거슬러
돌아온 강치
듬직하게 커졌다

수많은 월담의 변
허락치 않는 정조

거치른 물결 깨워
푸르게 피어난 꿈

천년을
이끌어 오듯
강토 지킨 해와 달

간도협약 무효 청원
-포츠담선언 근거

남의 땅 제 땅인 양
주인 행세 웬 말인가

원주인 배제 협약
간도를 반환하라

중국은
포츠담선언
이행촉구 당사국

석류

지금의 계절보다 뜨거운 붉은 태양
그 속에 유년의 꿈 피우기 위한 흔적
고통도 감내하면서
녹여 버린 사랑표

밤마다 토해 내는 핑크빛 노을바다
가슴에 품으려고 파도와 한 몸 되어
잠재운 넓은 가슴에
붉게 멍든 자국들

지치고 힘들 때면 바닷가 추억 담고
수액이 줄어 갈 때 마지막 한 방울에
희망이 고즈넉하게
심장까지 붉힌다

해안 초소

바다가 기억하는 수많은 얼굴들이
밀려와 어두운 밤 불빛 속 흔들린다
달빛에 차오른 바다 눈동자에 담는다

무거운 침묵 뒤로 흔들리는 가을 낙엽
적막을 깨뜨리며 팔랑팔랑 날아든다
굳었던 긴장감 풀어 파도 위를 걷는다

독도 새우

동해에 우뚝 솟아
닭처럼 우는 새우

미끈한 몸매 자랑
꽃처럼 고운 새우

격랑 속
별빛을 먹고
독도마저 지킨다

박
금
자

박금자

- 경기도 양평 출생
- 유치원 교사
- 시세계 시조 및 동시조 부문 신인상
- 역동시조문학 시조 부문 신인상 수상
- 문학세계문인회 정회원
- 한국독도문인협회 회원

독도에게 외 4편

반만년 침묵 깨고 소리쳐 우는 걸까
일본의 억측 주장 억장이 무너져도
오늘은 파도를 엮어 은하수를 건넌다

독도 1

나는 작은 돌섬
이름이 독도란다
육지와 멀리 떨어져
외로이
바닷바람 맞는다

해가 떠오르면
눈부신 아침 맞이하고
해가 지면
캄캄한 밤 홀로 지샌다

먼 바다
통통배 소리 들려온다
와자지껄
사람들 소리 묻어난다

밀물처럼 썰물처럼
우루루 몰려왔다
횡하니 내빼는 인파
누구네 섬이든
누구네 땅이든
상관없지만

아름다운 마음 가진
아름다운 역사 가진
세상 아름답게 빛내 줄
그런 나라에
내 운명 맡기고 싶다

독도 2

어쩌다 머나먼 곳 떼어 논 자식처럼
자세히 바라보던 애틋한 마음 들 듯
굳세게 거센 파도를 이겨 내고 있구나

이웃 놈 탐나는지 자꾸만 애비 행세
유전자 다를 텐데 검사를 해야 하나
자식을 지키기 위해 부모 모두 나설까

독도는 우리 땅

우리 땅 독도라고 풀벌레 우는 소리
한 명도 어김없이 노래를 부른 아침
일본의 애간장 태운 대마도도 우리 땅

대한 독립 만세

피 눈물 뿌리면서 지켜 주신 선열의 뜻
고귀한 목숨 걸고 주권 찾은 대한민국
진실된 역사를 지켜 길이길이 빛내자

고구려 백제 신라 조선으로 통일하고
일제의 강점기와 육이오도 버티었다
선조의 역사적 유산 물려받듯 외친다

박순심

붉은 불개미 여왕
단풍, 산을 삼킨다
빈손
낙엽, 우수에 빠지다
대못

박순심
• 연인 신인문학상 시조 부문 당선(2017)
• 한국독도문인협회 회원

붉은 불개미 여왕 외 4편

머나먼 이국에서
쫓겨난 탈출 행렬
숨가쁜 보트피플
여객선 갈아타고
원주민 일개미조차
한꺼번에 내몬다

주인인 양 행세하고
더듬이 열 개 마디
인간도 두려워한
치명적 독 품고서
여왕을 지킨 일개미
호위무사 아닐까

단풍, 산을 삼킨다

산야가 형형색색
화려한 드레스로
삽시간 갈아입듯
자태를 뽐낼 즈음
산허리 자리한 구름
산사까지 잠긴다

고요한 숲속 아득
허하고 쓸쓸한 맘
하나둘 꺼내어도
이루지 못한 소망
고요 속 깊은 곳에서
떨어지는 은행잎

해 삼킨 저녁노을
향기를 타고 와서
잎새에 앉은 꿈들
바람에 흩날리듯
선 채로 깊어진 물결
그 자리에 물든다

빈손

이른 아침 해 뜰 무렵
갔어야 할 어제가
못 비운 마음속에
홀연히 앉아 있다
초저녁
내일 벌써 와
한숨마저 채운다

정들어 만났는데
이미 와 있던 이별
큰 담을 허물고서
동행을 선언한다
정말로
욕심이었나
만나기는 했던가

무상한 숱한 날들
불러온 근심 걱정
만남이 이별임을
이제야 알게 된다
끝내는 빈손인 것을
가슴마저 허하다

낙엽, 우수에 빠지다

잔잔히 부는 바람
우수수 지는 잎들
내 청춘 거울 같아
눈시울 적셔 온다
바스락 바스락대는
낙엽 밟고 걷는다

스산한 바람 가득
가슴속 스며들어
해가 뜬 한낮인데
좌표를 찾지 못해
캄캄한 어둠의 숲속
길 헤매는 나그네

대못

내 몸속 남모르게
쇠못이 박혀 있다
늘 웃고 다닌 탓에
곱게만 큰 줄 안다
정 주고 떠난 그 사람
대못 하나 박았다

날마다 떠올리며
뜨겁게 연모했지
내뱉은 단어마다
기쁨의 귀한 축복
아뿔싸 소식 끊긴 후
이별 통보 메시지

만남이 이별이라
체득한 그때부터
맘 깊이 박힌 쇠못
뽑아줄 이 찾는다
근심도 하나 없는 척
살인 미소 날리며

박해미

독도야
독도의 아침

석호 박해미

• 충북 옥천 출생
• 한남대학교 일어일문학과 졸업
• 시집『시를 훔치는 밤』,『독도야 너는 내 곁에서 영원하라』
• 문예사조문학상, 허난설헌문학상 수상
• (현) 충북 옥천문인협회 회장

독도야 외 1편

내 가슴속에
이글거리는 불꽃같은 덩어리 뱉어
손바닥 위에 올려놓고 보니
너로구나
너였구나
독도야

내 할아버지와 할머니
아버지와 어머니가 그랬듯이
나 오랫동안
너로 인해 피가 돌고
너로 하여 할딱이는 숨을 내쉬었으니
네가 바로 나의 심장이었구나

그런데 너를 삼키려고
혀를 날름거리며
덤벼드는 저 비겁한 파도를 보라

폭풍처럼 밀려오는
저 엄청난 해일을
어찌하랴
어찌하랴

내 한 목숨 다한다 해도
앙도라지게
꽈악 움켜쥔 주먹
절대 풀 수 없어

내가 죽어 바다가 된다면
너를 삼키려던 파도마저
내 손으로 움켜쥐고 놓지 않으리라

너는 내 곁에서 영원하여라

내 아들의 아들의 아들에게도
너만이 태양보다 뜨거운
심장이 될 수 있기에

독도의 아침

태양을 이마에 찍어 단
붉은 기운으로
바다를 물들이며
홀로 선 기개

저토록 화려한 빛깔로
비상하는 독도의 아침

피맺힌 아픔으로
약자의 고통을 대신하고

역사 앞에 홀로 선 도도함에
바다를 넘나드는 새들도
거센 파도를 두려워하지 않는다

손 희 란

독도 나침판
수호신, 독도
아, 간도여
난초
독도 소녀상

손희란

- 강원도 홍천 출생
- 민촌백일장 장원
- 문예사조 신인상 당선
- 한국문인협회, 한국독도문인협회 회원
- (현) 병무청 사회복무연수센터 강사
- 해밀원격평생교육원 교수

독도 나침판 외 4편

오천년 세파 속에
초록빛 너그러움

묵언을 심고 싶어
견디고 또 견딘 섬

보아라
꿈의 나침판
마음의 닻 내린다

수호신, 독도

차갑게 내 곁에 선 관대한 봉우리여
뜨겁고 자유롭게 살아 보자 살아 보자
그대의 선한 꼭짓점
홀로 찍은 온점표

콘크리트 벽돌 새로 새싹이 돋아나듯
봄볕에 힘내야지 힘을 내 참아야지
뾰족한 성난 얼굴도
보고 싶은 지평선

질기고 부끄러운 먼 옛날 생각 털고
바스락 숨어 우는 바람 소리 사랑 심어
동녘의 수호신 되어
안팎으로 지키리

아, 간도여

백두산의 정계비
머잖은 토문강가

강박적 을사늑약
말 달리는 꿈의 영토

금치산
조약의 무효
핏줄 찾는 불모지

난초

가만히 앉은 자태
천만 번 부는 바람

달빛을 들이면서
비워 낸 고뇌 한판

산천 향
그윽한 난초
꺾인 마음 펴본다

독도 소녀상

자물쇠 간직하고
닫힌 듯 열린 치마

바람결 나부끼는
영겁의 덧옷 한 벌

겨레의
청동 치마로
거듭나라 소녀여

심영선

대마도의 밤
대한 영토 대마도
대마도 첫새벽

심영선

- 시인, 언론인
- 문학세계 시 부문 신인상 등단
- 제1회 독도문학상 수상
- 충청타임즈 편집국 괴산증평 담당 국장
- 한국독도문인협회 회원
- 대마도 찾기 본부장
- 공저 『독도 플래시 몹』(2016)

대마도의 밤 외 2편

저 산 위에 걸려 있는 흰 구름 떼
뭣이 그리 서러워
산천을 휘감아 도는가

사면 바다 휘어 젓는
검푸른 파도야
무얼 그리 갈망하며 포효하느냐

황혼빛 석양이 뉘엿뉘엿 넘어가는
저곳에
삼국, 조선 만혼이 한을 품고
깃들여 있네

주인 잃은 대마도의 밤은
서녘으로 깊어만 간다.

대한 영토 대마도

잿빛으로 물들인 밤하늘
무리지어 떠오른 검은 구름이
천공을 가르며 바람 따라 맴돌다

수줍은 듯 떠올라
노랗게 물들인 둥근 달을
삼켜 버렸다

출렁이는 검푸른 물결 위로
덩실덩실 금빛 춤을 추던 그 달도
떠도는 구름에 묻히고

산천에 잠이 든 조선 영혼이
바위에 부딪히는 파도로 소리친다
대한 영토 대마도
누가 찾으리.

대마도 첫새벽

저 멀리 동녘을
비치는 희뿌연 바다 너머
짙은 물안개 너울너울 피어오르고
간밤에 멀어져 간 뱃머리 깃대만
희미하게 나부낀다

옛 주인 잃어버린 너는
밤새 파도로 소리치며
울분을 토하고
이름 모를 수초만 바람에
흔들거린다

밤하늘 영롱하게 수놓았던
별들 퇴색하는 바다 끝자락
부산 남해 뱃길 일백여 리
대마도에 첫새벽이 열린다.

심
효
진

그들은 뒤태가 닮았습니다
무진장 행복한 버스
구두장인 유씨

심효진

- 충북 음성 출생
- 포스트모던 시 등단(2006)
- 시집 『그대로 멈춰라』

그들은 뒤태가 닮았습니다 외 2편

아버지가 이쪽저쪽 눈을 돌려 조카를 찾다가
그놈이 그놈 같아서 원~
큰기침을 하고 경기장으로 간다

두 시간 지나 안내방송이 나온다
1코너 충남 대표와 경기 대표 경기가 시작되겠습니다
앉지도 서지도 못한 아버지 목소리가 떨린다
충남은 어떤 색 조끼야?
파란 조끼는 경기 종료 15초 남기고 연신 발차기 공격을 한다
경기는 8대6 빨간 조끼 승리로 끝난다
여기서 하는 게 아닌가 보다
5코너 쪽으로 가 보자

아버지 팔을 잡고 발길을 옮긴다
관객석에 앉아 있는 조카
조카 눈시울이 붉다
졌어요
고모도 봤어 할아버지도……
저 화장실 좀 갔다 올게요

앞좌석에 손자와 할아버지가
말없이 손을 꼭 잡고 있다

무진장 행복한 버스

주름 서너 개 굵고 깊게 치켜 올라간 버스기사 눈
버스가 달리는 속도에 맞춰 아래로 아래로
무주에서 탄 할머니
진안에서 탄 낡은 중절모 쓴 할아버지
거나한 목소리 들으며
장수까지 잇몸으로 웃다 졸고
한아름 보따리 속 호박 부추 정구지도 웃다 졸고

버스 의자에 깊숙이 들어가
메타세쿼이아 파장 속으로
오라이~
거나하게 오라이~

구두장인 유씨

두드린다
날 선 것과 주름
세게 약하게
중창이 잘 붙도록 두드린다
망치는 빛이 나고
눈은 어두워진다
밑창과 중창이 잘 붙도록
모두질을 한다
이명 소리 들린다
밑창을 붙이고
누름돌 하나 얹어 놓는다
일곱 날 두드려
듣는 소리다
좁은 문*이 열린다
선반에 구두 한 켤레 있다
세상에 단 한 켤레 구두 속에
온몸에 흐르던 땀방울
모여 노래한다

* 좁은 문: 앙드레 지드 소설.

왕나경

간도협약은 무효다
독도는 살아 있다
수몰민
목계 나루
고독을 풀다

왕나경

- 연인 신인상 시조 부문 당선(2017)
- 한국독도문인협회 회원
- 문학콘서트 '시&연인' 회원

간도협약은 무효다 _{외 4편}
—간도를 돌려다오

핵탄두 방어 목적
성주의 사드 배치
미국에 항의 못해
약소국 경제 보복
중국의 졸렬한 방법
적반하장 아닐까

일본이 선심 쓴 땅
주인이 따로 있다
일본이 패망해서
무효된 간도협약
포츠담선언 근거로
돌려다오, 간도를

토문강 넘나들며
선구자 흘린 눈물
끝없이 외친 절규
이제는 말할 시기
간도는 대한제국 땅
중국 당국 아는가

독도는 살아 있다

속 내민 물결 따라
숨겨진 별빛 한 권
심장을 빼앗긴 채
삼십육 년 맺힌 분노
이제는 비워 내듯이
사시사철 우는가

동해를 탐한 것도
바다를 탐한 것도
모두가 아닌데도
스스로 지킨 영토
파도를 휘감고 앉아
고독 불러 또 운다

수몰민

—충주댐 엘레지

그날의 가슴 아픈
첫사랑 묻어 둔 채
먼 산만 바라보며
가슴속 달랜 물살
죽음을 빚은 별들이
떼를 지듯 몰린다

나뭇잎 타고 가는
스산한 바람 따라
반백의 가슴앓이
이제는 멈춰 볼까
물 위에 번진 단풍들
저리 붉게 우는가

목계 나루

갈대밭 남은 자리
날아든 청둥오리
청동빛 언어들이
바람을 휘어잡고
줄당긴 함성 소리가
별신제를 부른다

서편에 쉬는 철새
어이해 슬퍼울까
동편에 걸린 노을
사랑을 붉힌 걸까
암줄에 숫줄을 끼워
띄워 보낸 목계강

고독을 풀다

방파제 끝나는 곳
전등불 켜는 슈퍼
먼바다 들려오는
광양만 파도 소리
어부의 기질 깨우듯
대병 소주 비운다

멈추지 않는 파도
내 안에 머문 그대
가슴에 남는 바람
쓸쓸함 불러오고
그리움 마구 흔들어
고독 풀어 놓는다

유세현

희망꽃
자고로 친구라면
독도! 가슴으로 느낀다
님을 맞으며
그리움에

유세현

- 충남 예산 출생, 당진 송악고, 경희대 대학원(사법행정) 졸업
- 학사장교 임관(학사 21), 예비역 중령으로 명예전역
- 시세계 신인상 등단(2015)
- 문학세계문인회, 세계문인협회, 한국독도문인협회 회원
- 한국시조문학진흥회 이사
- 공저 『베이비박스에 희망을 싣고 2, 3』, 『독도 플래시 몹』(2016)
- (현) 충북보건과학대학교 예비군 대대장, 청주시 시민홍보대사
- 이메일 awacs-1@hanmail.net

희망꽃 외 4편

길었던 겨울은 가고 금세 봄이 오듯
꽁꽁 언 대지에 싱푸른 꽃잎이 뒤덮고
오그라든 가슴이 봄 햇살에 기지개 펴듯
흰백의 부동에서 초록의 생동으로
간절한 소망은 봄처럼 다가온다

청년의 매서운 두 눈은 내일을 향하고
멈출 줄 모르는 심장은 좌절을 밟고
냉철한 머리는 지혜를 두르고
따뜻한 가슴은 바른 인성으로 채운 후
의연히 용광로에 몸을 달군다

침울한 시대와 상황에 굴하지 않고
희망의 작은 불씨 지켜 가며
불굴의 의지와 열정과 패기로
꿈 그리는 이곳
지금 사학에는 희망꽃이 피고 있다

자고로 친구라면

내가 아파할 때
스담스담 위로해 주는 친구

내가 외로울 때
슬그머니 손 내밀어 주는 친구

내가 교만할 때
진심 어린 충고를 아끼지 않는 친구

내가 방황할 때
반짝반짝 손전등 비춰 주는 친구

내가 낙심할 때
말없이 안아 주는 친구

내가 기뻐할 때
목젖 보이며 웃어 주는 친구

......

이래서 나는 친구가 없나 보다

독도! 가슴으로 느낀다

내 안에
뜨거운 피가 흘러
이리도 그대 그리운가 봅니다
오늘밤도 잠 못 이루게 하는
이 애절함은
비단 나만의 절규가 아닐 것이다

보지 않아도
듣지 않아도
이 세월 가고 또 가도
이 하늘이 보여 주고
저 바다가 들려주고
시퍼런 역사가 일깨워 준다

그리운 우리의 땅
불변임을
오늘밤도 가슴으로 느낀다

님을 맞으며

농부 주름만큼 대지를 가른 가뭄
온 세상을 달군 열대야와 폭염
구멍 뚫린 듯한 장맛비와 폭우로
유달리 괴롭고 길었던 고얀 님이여

자연과의 사투 끝자락 어느 날
입추와 마주친 묘한 기분
그리도 지긋지긋하여
벗어나 고팠던 마음은 행방이 묘연하다

떠날 채비하는 못된 이에게서
이 또한 좁은 내 가슴에 묻고
성큼성큼 다가오는 님의 보태에서
함께 올 만선의 기쁨을 기대해 본다

그리움에

잔잔했던 호수에
너울이 숲속을 깨웁니다

복잡해진 머리를
흔들면 흔들수록 더 혼란해집니다

비우려고 애써 쏟아내는 마음에
무언가 차곡차곡 쌓이는 느낌입니다

눈 감으면 그리도 선명한 자태가
눈 뜨면 금세 사라져 버립니다

매일 밤 숨바꼭질하는 그녀를
오늘은 과연 잡을 수 있을까요

이
경
상

독도는 홀로 서서
우리 땅 대마도와 독도
수박
거제도 대구의 열작
삼굿구이 감자

이경상

- 서울 출생(1965)
- 시세계, 문학세계 등단(2016)
- 수안보온천 시조문학상 신인상 등단(2016)
- 수안보온천 시조문학상 특별금상 수상(2017)
- 문학세계문인회 회원
- 한국시조문학진흥회 회원
- 이메일 hugang@kbs.co.kr

독도는 홀로 서서 외 4편

동해 바다
해 뜨는 꼭짓점에

홀로 섬 하나 외로이
높게 서서

핍박과 간섭과 소외가
몰아치는 파도를 딛고

푸르른 하늘을 향해
십자가를 지면

찬바람과 흰 눈이
저의 머리에 가시 면류관을
씌워 준다

봄, 여름, 가을, 겨울
계절이 돌고 돌아 세월이
닳고 닳아도

매일매일 부상하는
태양을 보며

언제나 처음처럼

홀로 섬은

하나로 통일된
조국의 자유를 꿈꾼다

힘차게 부활하는
한민족의 미래를 꿈꾼다

우리 땅 대마도와 독도

대마도는 우리 고구마라서
어여 가서 캐 오고 싶은 마음인데

왜놈들은 고구마가 없다고
우겨 대며

시치미 떼겠지

독도는 우리 오석 바위라서
어여 가서 들오고 싶은 가슴인데

왜놈들은 대나무를 베 간다며
끼어들고 억지 부리겠지

내사 냉큼 달려가서
왜놈들 면전에다가 지들이 만든
삼국접양지도를 보여 주리라

지들 손으로 대마도와 독도를
조선 땅이라 그려 놓은 진실을 말이다

수박

뜨거운 태양을
차갑게 식혀서 씹어 먹으니

차가운 피가
다시 뜨겁게 끓어오른다

해에게서 소년에게로
정열이 타오른다

삼족오가 만주 벌판을
다물할 때까지

태양은 우리더러
자신의 아바타를 삼키어

시베리아 호랑이 무늬 껍질까지
자근자근 씹으라 하네

거제도 대구의 열작

어릴 적 노닐던
베링해 푸른 바다의 옛 추억이

고려의 청자빛 하늘 아래
파아라니 출렁이다가

북어포처럼 바짝바짝
말라만 간다

이승에서 부지해 오던
삶의 알알이가, 아가미가, 창자들이
모두 다 송두리째 까발겨지고

등은 갈라지고, 뼈는 추려지고
머리까지 쪼개어져도

정신의 고갱이는 끝까지 살아남아
하늘을 향해 고운 나래를 편다

이래도 사나 저래도 사나
어쨌거나 간에

죽어도 내세에도 긍정의 삶을
새로이 살아가려는

의지의 지팡이 삼는 듯
사자의 서에다가 나뭇가지를 연필처럼
꼿꼿이 세워

또박또박 삶의 쓰디쓴 기록을
꾸덕꾸덕 말려 나간다

모질게 살아온 삶, 아깝지 않게끔
허이연 뱃살을 허공에다 고독의 빨래처럼
줄줄이 널어다가

광명의 햇살이 닿으면

열작의 물고기는 풍경으로
바람에 흔들려

맑은 물의 종소리가
온 중생의 세계로 울려 퍼져 나간다

삼굿구이 감자

강원도 평창 도사리 마을
흙속에 파묻혀 억척스럽게 살아온
감자의 삶도 억울한데

하늘의 햇빛을 보려고
여지껏 참고 살아온 삶을 껍질째
쩌 버리어 삼굿을 일삼는가

구덩이 파고 연옥의 불에 달구어진
시련의 돌 위에

치성으로 삼단을 쌓아 물을 뿌리면
통째로 쩌 들어오는

감자의 삶

광명의 햇빛을 보기도 전에
다시 흙에 뒤덮여 익어 가야만 하는

감자의 삶

오랜 기다림 끝에 마침내는
뽁작장에 온몸을 던지어 보시하는

찐 감자의 삶

이
미
선

인생무상(人生無常)

화려한 장미

용서(容恕)

바람이 되고 싶다

시간은 그렇게 간다

독도(獨島)

이미선

- 시인, 시조시인, 수필가, 아동문학가
- 충남 논산 출생, 유아교육과 졸업
- 수안보온천 시조문학상 신인상 수상
- 문학세계 수필 부문 등단
- 시세계 아동문학 작가 등단
- 공저 2015명작선 한국을 빛낸 문인 선정
- 『베이비박스에 희망을 싣고 2, 3』 창작문학대상 수상
- 공저 『베이비박스에 희망을 싣고 1, 2, 3』
- 한국시조문학진흥회, 시세계, 문학세계문인회 정회원
- (현) 어린이집 원장 19년차
- 한국베이비박스문인협회 사무총장
- 이메일 lyhlms@hanmail.net

인생무상(人生無常) 외 5편

내 임 떠나시던 그날에도
밝은 달빛은 숨죽여 울고 있는
나의 맘을 훤히 보는 듯
하얗게 비추더니

내일이면 시집가는 야속한 이 밤에도
내 임 그리워 떠난 자리 바라보는
나의 빈 가슴을
훤히도 비추는구려

어느덧 세월 흘러
눈 쌓인 산마루를
바라봤을 때

산마루 건너에
놓고 온 추억과 함께
늙은 소나무 한 그루만이
세월과 싸우며 힘들게 버티고 있는
안쓰러운 모습이
행여 나를 보는 것만 같아
나도 모르게 눈물 훔치는구나

화려한 장미

여기서도 저기서도 화려한 장미 향기
흠뻑 취해 또 한 마리 날아온다

화려한 저 장미는 웃음꽃 향기 만발하며
진흙 속 고약한 향기 어디매까지 풍길는지

어리석은 저 녀석 안타까워 말리려 해도
이미 향기에 취해 버려 내 말은 들리지 않는구나

장미야 너의 화려함 속에 숨겨 둔 그 가시로
부디 눈물 흘리는 이 없게 해다오

장미야 이제 그만 죽음의 고약한 향기
거둬들이고 숨겨 둔 가시는 화려함과 함께
보일 수 있도록 내보이려무나

용서(容恕)

난 오늘 그 사람
용서하러 갑니다
몇 번 내밀었던 그의 손
뿌리쳤을 땐
내가 너무 아팠기 때문입니다

난 오늘 그 사람
용서하러 갑니다
내가 먼저 걸어 잠근 빗장
과감히 풀었을 땐
내가 너무 아팠기 때문입니다

난 오늘 그 사람
용서하러 갑니다
목에 걸려 있던 음식물
이제는 소화될 것 같은 생각에
스스로 평온해집니다

난 오늘 그 사람
용서하고 돌아옵니다
무거웠던 발걸음
예전으로 돌아오고
밤하늘 별님 날 향해 잘했다 손짓합니다

용서는 받아 본 사람만 할 수 있는 것
용서는 사랑이 남아 있을 때
비로소 이루어지는 것
용서는 마주앉았을 때 미소 짓게 하는 것

바람이 되고 싶다

손발 꽁꽁 묶이지 않고
어디든 갈 수 있는
바람이 되고 싶다

착한 사람들 모여 있는
그곳 가서 흘리는 땀
식혀 주는 바람이 되고 싶다

가난한 사람들 찾아가서
간지럼 태우며 활짝 웃게 해 주는
바람이 되고 싶다

용기 잃고 좌절한 사람들 귓가에
'넌 할 수 있어'라고
속삭여 주는 바람이 되고 싶다

산 정상에 끈기 있게
도전하는 젊은이들에게
안식처 같은 바람이 되고 싶다

자유롭게 혼자만의 세계 즐기며
내가 필요한 모든 이들에게 쓰임 받는
그런 바람이 되고 싶다

시간은 그렇게 간다

서릿발이 세상의 존재를 삼킨 바다
끼룩끼룩 울음소리만
허공에 부딪혀 운다

언 바람을 피해 낮게 누운 해안선 아래로
이리저리 기웃거리는 어미 새는
시간이 떠난 자리에서 무얼 그토록 기다리는가

어수룩한 겨울 해는 뉘엿뉘엿이는데
새끼를 품에 안고
가슴을 떨며 고집을 부린다

무심한 시간은 알았을까
재촉하는 생의 가장자리에
잠든 새끼를 맡길 수 없는 어미 가슴을…

시린 끝자락에 되돌리고 싶은 시간도
잃어버린 웃음도 또 다른 생을 찾아
시간은 그렇게 간다

독도(獨島)

450만년(晩年)을 한결같이 거친 파도와 싸우며
버텼건만 백년도 못 사는 인간들이
나를 어찌 뜻대로 하려 하느냐?

신라 장군 이사부가 우산국(于山國)을 정벌한 것도
대한제국 시절 나를 독섬이라 칭하는 것도
행정지명으로 언급되던 1906년의
감동도 똑똑히 나는 기억하고 있노라

약삭빠른 도발의 근원지 일본아!
내 밑으로 차가운 물과 따뜻한 물이 만나는
난류가 흐른다는 걸 알고 물고기를 잡고 싶은 것이냐?

나의 아름다움이 널리 퍼져 관광자원으로
상쾌한 공기와 신선함을 탐내는 것이냐?

석유와 친환경 가스의 자원이 내 밑엔 풍부하단 걸
알고 자원 덩어리를 포기할 수 없는 것이냐?

나는 하나도 빠짐없이 모두 보았노라
일본 너희가 하는 모든 우격다짐을

욕심이 지나치면 화를 당하고
자기 꾀에 스스로 무덤을 파는 형상이 되노니
단일민족 백의민족 가슴속에 한 맺힐 일일랑
내가 진노(瞋怒)하기 전에 스스로 물러나야 할 것이다

이
복
동

가슴 섬
독도 아리랑
대마도
독도 바다
격외선당

瞳怡 이복동

- 서울 구로 출생(1974)
- 청일문학 신인문학상 시부문 당선(2014)
- 청일문인협회 시낭송분과 이사
- 한국시조문학진흥회 사무차장(이사)
- 제6회 역동시조문학상 신인상 등단(2015)
- 시인촌 동인, 편집부 편집위원
- 청풍명월 정격시조문학회 시낭송분과 차장
- 제천시낭송협회, 행복한시낭송회, 손거울시낭송회 사무국장
- 제천시SNS시민기자단원, 충북SNS서포터스기자단원(2014~현재)
- 제5회 괴산 임꺽정시낭송대회, 제1회 님의침묵 전국시조낭송대회 입상
- '시가 들려주는 이야기' 비매품 시낭송CD 발매 참여
- 공저 『남겨 두고』, 『명시 선집』, 『오가는 길목』 외 다수
- 이메일 ygnamdemon@nate.com/namdemon@hanmail.net
- homepage : www.facebook.com/leebockdong
- facebookpage : www.facebook.com/copywriter.dongyi

가슴 섬 외 4편

독섬이라 부르는
그곳에 가면
외로운 가슴이 산다

몸 바쳐 지켜 온
그 땅엔
밤마다 피 울음소리 들리고
낮이면 성난 파도가
물길을 막는다

어진 마음을 가진
가슴들 알아보는 섬

동해의 숨결
지켜야 한다
대한민국 청년아 소년아
마음을 다해 사랑하라 사랑하라

영혼들의 죽비소리
숨죽여 들어라
삿된 가슴은
오지 마라

독도 아리랑

돌고 돌아 다시 그 자리
떠날 수가 없다

내 누이 내 형제가
살 비비고 먹감던 곳

어떻게 잊을 수 있을까
어머니의 콧노래

뿌리내린 사백육십만 년
피로써 이어 간 꿈

일본은 입만 열면
뿌리가 없는 막말뿐

어머니의 아리랑 노래
지금도 들리는데

대를 이어 지켜 온 땅
죽어도 못 떠나리

해마다 찾아오는
이름 모를 철새도

콧노래 따라 부르며
아리랑 아라리요

대마도

조선의 땅인데
일본의 땅이라 하는가

외국을 오갔던 조선
역관들 무덤이 되어 버린 채
빼앗긴 우리의 국토라네

과거에서 지금까지
그 땅을 키워 낸 선조들의
통곡 소리
들리지 않던가
잊어버렸는가

너무 쉽게 빼앗겼구나
너무 쉽게
도둑맞아 버렸구나
어미의 속적삼 속치마
하늘에 펼치고
초혼을 부르노라
나 여기 서서 그대들을
부르노라

돌아올 땅이 없어
두 눈 시퍼렇게 뜨고
지켜보고 있나
끝을 알 수 없는 긴 침묵
어이 홀로 견딜 수 있나

아름다운 미우다 해변의
금빛 모래에
머리를 처박고 속으로 울 듯
바다는 에메랄드빛으로
퍼렇게 멍이 든다

대마도엔 대마는 없다
대마도엔 달리지 못하는
억압된 말고삐만
들려 있다

찾아야 한다
찾을 수 있다
우릴 도우소서
굽어살펴 주소서

독도 바다

이제는 풀어 보자
내 속의 울음이여

덩더쿵 덩기덩덕
심장이 터지도록

선 자리
동해 삼키며
외로움도 날린다

격외선당
―최소리에 취하다

한 생을 지고 나와
얽히고설킨 인연

웃음꽃 피어나고
때로는 눈물바다

말 못한
가슴속 사연
풀어내는 뒤안길

이
수
경

목원 이수경

- 서라벌문예 신인상 수상 등단(2013)
- 문학세계 낭송문인상 수상 등단(2014)
- 한국시조문학진흥회 전국백일장 장원 등단(2015)
- 한국독도문인협회 독도문학상 수상(2016)
- 공저 『초록향기』, 『베이비박스에 꿈을 싣고』, 『독도 플래시 몹』 외 다수
- 한국시조문학진흥회 이사
- 한국문협 계룡지부 시조분과 이사
- 한국독도문인협회 사무총장, 덕향문학 사무국장
- 한국시낭송협회 회원

병상 일기 외 5편

소리로 내게 왔지
첫새벽 닭 홰치듯이
굿거리장단처럼
설움은 가락으로
가락은
오케스트라
오열마저 토했지

두 평 반 오인실 방
링거에 꽂힌 갈망
척박한 몸뚱아리
소풍 온 신선인가
마지막
산소호흡기
가을조차 따갑다

새벽 3시 안개 길을 걷다

태생이 거친 게 아니라
가야 할 길이 둥글다
누구의 딸로
애들의 품으로
어떤 이의 가시 벗으로
살아서, 새벽 산을 넘어야 하는 너

스마트폰의 울림은 그치고
아파트 벽은 점점 조여드는데
따라나서야 할 길은
혀보다 더 붉은 노을 길
그 외길에서
내 가슴을 가지지도 않은 채
네 손은 해를 가린 지 오래

차마
있어 달라는 말조차 새삼스러워
안개를 턴다

가을 잎보다 더 말라 버린
내 눈물에

그 길
새벽 3시의 안개 길은
두 손 모은 첨탑의 울림

이제 누구에게라도 이유가 된다면
새벽 3시, 그 안개 길을 걷겠노라
스스럼 없이
어깨를 내려놓겠다

누구에게라도……

독도 3

동쪽 끝 우뚝 서서
지켜 낸 독섬 그대

선조들 피땀 짜낸
방패를 보았는가

왜놈의
침략 본능을
당당히도 막은 몸

독도 4

하늘을 품에 안고
잉태한 여신인가

바닷속 돌고래가
수채화 그려 내면

먹구름 여름을 쏟듯
동해 우뚝 지킨다

독도 5

바람이
바다 불러
독섬을 유혹한다

하이얀
면사포에
조가비 수를 놓듯

포말을
날리는 파도
끝이 없는 청혼가

설레임

너의 목소리가 날 부르면
오케스트라 연주를 시작하고

너의 두 눈이 날 바라보면
불꽃놀이가 시작되고

너의 손길이 내게 닿으면
꽃망을 터지는 소리가 들리고

너의 숨결이 내게 닿으면
불가마 속 용광로를 녹인다

내 가슴속
또 다른 세상
마지막
내 숨이 멎는다

전경국

대마도를 반환하라
독도를 수호하라
북간도를 그리다

전경국

- 시조시인, 인명구조사
- 포항고 졸업, 학군장교(ROTC) 전역
- University of Minnesota, Twin Cities 생화학과 수학
- California State University TESOL 취득
- Life Guard(American Red Cross) 취득
- 경희대 경영학 박사과정, 영남대 보건학 박사수료
- 역동시조문학상 신인상 등단
- (현) 한국독도문인협회 회원
- 대한군사교육학회 부회장
- 학군제휴협약대학교협의회 임원
- 육군협회 지상군 연구소 리더십분과 연구위원
- 한국시조문학진흥회 부이사장
- 선린대학교 교수 및 국방기술계열장

대마도를 반환하라 외 2편

남의 땅 내 땅으로
속이며 살아온 죄

이승만 초대 정부
수십 번 반환 요청

조선인 천구백오십년
이천여 명 살았지

일본의 귀퉁이에
매달린 영토 아냐

부산서 120여 리
가깝고 먼 우리 땅

그 근거 포츠담선언
대마도를 내놔라

독도를 수호하라

검푸른 파도 타고
수평선 넘는 걸까

반만년 동단 지킨
불세출의 주인공

눈부신 동해의 일출
품고 있는 사나이

북간도를 그리다

주인을 제외한 채
도둑들 거래한 땅

참으로 속이 상해
분노를 삭힌 노을

속으로 삼킨 대초원
북간도를 그리다

정애진

닭 모가지를 비틀어도
귀가
독도를 부탁해
도플갱어

정애진

• 충주 중원 출생
• 월간 모던포엠 시 등단(2010)
• 시집 『화인(花印)』
• 이메일 jaj0412@hanmail.net

닭 모가지를 비틀어도 외 3편

저러다 목이 쉬겠다
닭이 운 지 삼십 분이 되어 가는데
아들은 아직도 일어나지 않는다

닭이 울면 아버지는
소죽을 끓이시고
댑싸리 묶어 만든 비로
사립문께를 곱게 쓸어 놓으셨다
고운 흙 위에 결대로 남아 있던 빗자루 자국이 좋았다

새벽을 깨우던 닭 울음이
휴대폰에서 나오는 세상
그래도 아침은 온다

귀가

우리는
시계 반대편으로 걷지만

시나브로 저녁
호수엔
달보드레한
연인들의 모습

호수는 꽃구름 이부자리 펼치고
마음 급한 산은 벌써
호수에 들어가 누웠다

가자,
집으로

독도를 부탁해

봄바람은
그곳의 얼었던 흙을 어루만져
숨쉬게 하고

연병장을 달구던 햇살은
그곳에서도 꽃 한 송이를 피게 하고
씨앗 한 톨을 여물게 하며

지금 네 머리 위 보름달은
독도에서도 돌멩이 하나 풀 한 포기까지
환히 비추고 있단다

어미가 자식을 그리워하듯
자식이 어미를 보고 싶어 하듯

언제나 애틋하게 보고 싶고 그리운 곳
고된 훈련을 마치고
대한의 남아로 거듭나는
아들아,

독도를 부탁해

도플갱어

꼭 돌아가신 어머니인 줄 알았네*
　어쩌면 사람은 몇 종류 아니 몇 백이나 몇 천 몇 만 종류쯤
되는지 모른다
　그 몇 만의 사람이 죽으면 다시 태어나고
　태어나서 지난 생의 기억을 하나씩 찾아가면서 살아가는지
모른다
　사실 엄마와 딸은 한 사람인 거다
　먼저 기억을 찾은 엄마가 딸에게 기억을 일러 주면서 살아가
는 거다
　울엄마는 내게 오십 이후의 기억은 일러 주지 않고 떠나셨다
　그래서
　내일부턴 나 스스로 그 길을 개척해 나가야 한다
　꽃이 피고 있다

* 조등이 있는 풍경, 문정희.

정용현

동해 새우
고래
난(蘭) 치다
가을 도깨비바늘
가을, 휠체어 풍경

정용현

- 충남 성환 출생
- 시세계 신인상(2016)
- 제8회 역동시조문학 신인상
- 한국시조문학진흥회 상임이사
- 세계문인협회, 한국독도문인협회 회원
- 문학콘서트 '시&연인' 회원
- 한국문인협회 성남지부 회원
- 시조집 『동치미』(2017)
- 공저 『독도 플레시 몹』(2016)
- (현) KD운송그룹 승무사원
- 이메일 hyun3398@naver.com

동해 새우 외 4편

태초의 어둠 속에
광명이 내려오듯
억겁의 세월 쌓아
해 닮은 붉은 몸살
촘촘한
가시를 세워
동해 독도 지킨다

구부려 펴지 못한
달을 접듯 하얀 뱃살
움츠려 세운 벼슬
천년 닭이 되었는가
독섬의
심해 유영 속
나래치는 아리랑

고래

지순한 눈빛으로
젖 물려 얼러 주고
바닷속 구석구석
기억을 되살린다
생태계
깨알 데이터
표본 되는 삶일까

육지를 걸어 다닌
포유류 퇴화 흔적
황소눈 껌뻑껌뻑
흙내음 풀어내듯
신비의
음성 주파수
환경 파괴 경고음

난(蘭) 치다

동창에 햇살 빚어

묵향을 갈고 갈아

고요히 흐른 마음

획 하나 내리찍고

텅 빈 뜰

나비가 앉듯

푸른 숨결 고른다

가을 도깨비바늘

가을볕 산들거려
익어 간 노란 꽃술

사지창 세워 가듯
파고든 쪽빛 하늘

아릿한
눈물의 전설
온몸 가득 찌른다

가을, 휠체어 풍경

싸늘히 파고드는
바람을 모아 쥐고
첫새벽 산책길에
별빛은 초롱초롱
우수수 지는 낙엽길
국화 향이 번진다

먼동은 깨어나고
기지개 켜는 구름
햇살을 머금고서
또 하루 열어 간다
은행잎 노랗게 깔고
시월의 길 굴린다

정유진

봉선화
파도
독도 새우
연꽃
연어

정유진

- 강원도 홍천 출생(1955)
- 연인 신인문학상 시조 부문 등단(2017)
- 시집&에세이 정회원
- 공감문학 시 부문 대상
- 한국독도문인협회 회원
- 문학콘서트 '시&연인' 회원

봉선화 외 4편

보송한 하얀 솜털
가냘픈 허리 세워
뜨거운 햇살 아래
연분홍 익는 연정
활짝 핀 꽃송이마다
어여쁘고 수줍다

여리디 연한 입술
선홍빛 물들이고
누군가 사로잡듯
유혹을 하려는가
순박한 처녀의 향기
물망초라 부르리

만지면 꽃물드는
사랑의 표현인가
손대면 톡 터지는
순결의 상징인가
다시 또 만날 여름을
기약하며 내민 손

사연을 곱게 빠서
인연을 펼친 무늬
손가락 도장 찍어
사랑을 약속하듯
빨갛게 손톱 끝에서
피어나는 봉선화

파도

폭죽이 터지는 듯
반짝이는 저물 무렵

그대에게 향해 가는
사랑의 선물인가

비바람 몰아치면서
가슴 저민 아픔들

사랑을 받아들인
내 차를 값이던가

인연이 꽃피듯이
눈빛마저 번진 자리

달콤한 느낌 하나를
가슴에다 새긴다

긴 밤을 지새우다
햇살 아래 서는 마음

태초의 바다 눕힌
마파람 불어오면

한 떨기 그리움으로
그대 앞에 피련다

독도 새우
—닭새우

파도에 올라타고
동해 지킨 독섬 향해
물보라 펼치면서
띄워 낸 빛 그림자
빠르게 지나가는 삶
바람 같은 인생길

무엇을 보았다고
서러움 목이 메어
허리를 구부리며
피눈물 흘리는가
암묵 속 경계선에서
목이 타는 선구자

꿈꾸는 지친 영혼
환각인가 망상인가
대해를 품은 가슴
그림자 짙게 풀고
불사조 감추는 발톱
어둠 찢고 솟는다

연꽃

태곳적 이슬방울
어디서 취했을까

해맑은 초록의 집
천년 세월 감추고서

밑바닥 진흙뻘 속에
뿌리내린 천상녀

신비를 풀어내듯
가녀린 입술 열고

칠정을 인내하는
자비심의 절정인가

속세의 인연 펼치고
하늘 향해 오른다

향그런 꽃잎마다
칠극 번뇌 눈물 가득

희생제사 분향하는
관음보살 자비수행

고운 발 진흙에 담아
질퍽질퍽 걷는다

연어

단풍이 들고 있다
고향을 물들이며

베링해 떠돌다가
회귀의 본능 안고

달빛을 끌어안고서
거친 숨을 토한다

자연의 법칙마저
거스른 애끓는 곳

붉은 피 물든 속살
이 시대 사랑인가

현생을 거부하고서
치어 남긴 모성애

지경희

독도 소나기
익모초
물망초
잊혀진 계절
꽃 뜨락을 거닐며

지경희

- 시세계 신인상 시 부문 당선
- 역동시조문학상 신인상 당선
- 김장생문학상 본상 수상
- 한국시조문학진흥회 상임이사
- 한국독도문인협회 회원
- (현) 반석다함ENG 대표

독도 소나기 외 4편

기가 막힌 물세례
퍼붓고 지난 자리
시원한 마파람을
개굴개굴 뿌리듯
비 따라
개구리 소리
말끔히 쓸고 간다

기다리는 마음도
남겨 둔 이야기도
가슴속 하릴없이
또 쓸려 내려갈 때
꽃향기
가슴 적시며
웨딩마치 들린다

익모초

온몸을 따뜻하게
사랑을 연결시킨

초록의 완전 미학
사랑의 한잔 묘약

혈관의
구석구석을
모정으로 채우네

물망초

올곧게 쭉쭉 뻗듯
가녀린 너의 자태
청량한 향기 부려
은은히 피어나고
어느덧 푸르른 오월
수런대는 이 아침

나를 절대 잊지 마라
전설을 낳은 꽃말
절실한 메시지를
실어 보낸 보금자리
한 점의 보랏빛 자취
수채화로 남는다

잊혀진 계절

휴식을 해도 해도
쉽게 또 피곤하다
해야 할 일 많은데
가야 할 곳 많은데
보고픈 친구도 많아
뛰어가서 만나리

입추도 지나가고
가을비 전국으로
내리는 고적한 날
시원히 바람 타고
오늘도 빗방울 되어
그대 곁에 가리라

건강에 좋은 보약
수많은 영양제도
내 몸을 사랑하듯
정성껏 복용해야
해맑은 정신줄 만들
최고 명품 되더라

깊은 숨 차오르고
머리도 멍멍해도
넘치는 자신감은

여전히 충만하다
서서히 사라진 고독
그리움을 담는다

용하단 한의원을
수소문 찾아보니
긴 세월 일하다 쓴
에너지 바닥나서
그 원인 폐가 망가져
신장 또한 어렵다

자연을 담는 회화
그토록 좋아했지
쉬라는 의사 권유
수채화 작업 중단
한 줄의 어여쁜 시도
떠오르질 않는다

만나고 싶은 지인
보고픈 나의 님아
내 마음 아시려나
나 역시 보고 싶어
오늘도 빗방울 되어
그대 곁에 가리라

꽃 뜨락을 거닐며

화려한 빛깔 띄운
향긋한 들꽃 내음
벌 나비 노닌 정원
너에게 끌린 오후
아련히 고단한 하루
풀어 놓는 꽃동산

웃으며 반긴 가슴
속 깊은 푸른 눈길
달콤한 향수 따라
너와 나 함께 나눈
옹달샘 맑은 이야기
연인처럼 정겹다

꽃잎을 피워 올린
눈부신 만추의 밤
여치와 매미 부른
달빛의 아린 연가
풀밭을
휘저으면서
뛰어다닌 귀뚜리

최경미

독도 꽃새우
민들레
가을비
고등어
해녀와 전복

최경미

• 서정문학 시 부문 신인상(2016)
• 역동시조문학상 신인상(2017)
• 김장생문학상 본상 수상(2017)
• 한국시조문학진흥회 이사

독도 꽃새우 외 4편

수천 년 시름들이 굳은살로 내려앉은

편한 잠 못 이루는 심해에 뿌리내려

붉은 꽃 굽은 등허리

내 탓인 양 아프다

민들레

거죽은 녹아내려 백골이 성성하다

바람의 시나위로 산산이 부서지는

혼백에 깃드는 숨결 윤회 속의 환생화

가을비

바람에 한풀 꺾인 그리움 가을비가 툭

코끝이 빨개지는 울음이 명치끝에

터진다, 붉은 눈물이 갈변 되어 흐른다

고등어

토막 난 등 푸른 삶, 뿌리째 잘린 추억
겹겹이 쌓아 올린 굳어진 생의 시간
가슴속 햇빛 머금듯
소금 품어 안는다

하늘을 향한 시선 물소리에 귀를 연다
바쁘게 움직이는 아지매 손길 따라
눈부신 바다의 여정
내려놓고 가는가

태평양 누빈 흔적 지느러미 묻어나듯
구멍 난 뱃속마다 들썩이는 파도 소리
칼칼한 양념의 조림
이름 대신 남긴 뼈

해녀와 전복

모래펄 한꺼번에 막혔던 숨을 쉰다
오늘도 망사리엔 숨비소리 횟수만큼
굵직한 몇 개의 전복
굳은 채로 들었다

깊은 속 너른 바다 저승길 드나들까
밀물 썰물 드나드는 짠내 가득 품으면서
너와 나 껍질 새겨진
세월 속의 고된 삶

등줄기 움켜쥐고 생을 가둬 마주한 너
바위 등 들러붙어 버티는 안간힘에
빗창을 꽂아 겨루던
내 모습도 서럽다

가눌 길 없이 아픈 신산의 아픔인가
蚌珠를 물고 있는 어머니 산통처럼
끝까지 토할 수 없는
피 말리는 물길질

한
나
라

독도 새우
간도
부표
손금 항해
영웅

한나라

- 부산 출생
- 시세계 시 부문 신인상
- 한국시조문학 신인상(2016)
- 제4회 수안보온천 시조문학상 본상
- 세계문인협회, 한국시조문학진흥회 회원
- 한국독도문인협회, 문학콘서트 '시&연안' 회원
- 공저 『독도 플래시 몹』, 『2016, 한국을 빛낸 문인』,
  『하늘비산방 8호』
- 이메일 leebin0906@naver.com

독도 새우 외 4편

동해로 뜨는 태양 깊은 바다 물들였나
심해의 고요 가득 탱글탱글 키운 살점
붉은빛 껍질 안 세상
누구에게 보일까

차고도 깊은 바다 최고의 맛 지켜 내듯
우뚝 선 독도 아래 붉은 초병 기상한다
울릉도 바다에 핀 꽃
절정 속에 꽉 찬 알

망부석 발끝 아래 굴곡 따라 넘나들며
애국심 담아내듯 톡톡 튀는 나라 사랑
맛으로 전하는 진언(進言)
독도 위한 대변가

간도

김일성 독재 왕조
반기 든 반공 교육
땅굴에 목숨 걸고
간첩을 남파할 때
할머니
간도 이야기
전설 같던 체험담

삼촌을 둘러업고
한 열흘 기차 타면
불모의 만주 벌판
눈물의 부모 상봉
새로운
희망의 농토
일궈 가던 우리 땅

젊은이 기피 업종
내딛는 기간산업
민족이 하나 되어
달리는 통일 열차
잃었던
역사 속 고토
기억하라 동토여

부표

시간이 멈춰진 듯 망망대해 홀로인 배
하늘의 태양만이 나침반이 되는 시간
잔잔한 파도를 타고
목적지로 향한다

달려가 안기고픈 흙과 사람 육지 내음
눈빛은 고향 마을 바닷가를 거니는데
무인도 같은 이정표
돌아치듯 손사래

여울목 지나치다 암초 손을 벗어나고
앞서간 누군가의 경험에서 오는 이력
보이지 않는 바다 밑
솟아오른 봉수대

손금 항해

아직도 꿈틀꿈틀 간질간질 오글오글
실핏줄 타고 돌 듯 쥐어 보지 못한 바다
손바닥 돛을 펴고서
꿈을 향해 달린다

허망한 욕심들이 손톱처럼 자라나도
움켜만 쥐고서는 아무 일도 할 수 없듯
펼쳐서 담는 한주먹
깎여지는 높은 섬

손등에 입혀지는 거죽같이 질긴 무게
흉터로 찍힌 낙인 굵어지는 마디마디
걸어온 삶의 축소판
훈장 같은 지름길

영웅

시대를 막론하고
지도자가 바꾼 세상
일신의 안위 버린
후세들을 위한 선택
큰사람 깊은 속뜻은
잣대 되어 남는다

자신의 위치 망각
이기심에 눈먼 사람
붙잡은 부귀영화
언제까지 갈 것인가
그릇된 선택 앞에서
위협당한 흑역사

눈앞의 난세 평정
힘과 술책 가능하나
급물살 소용돌이
잠재우는 거대한 힘
민중의 진정성 담아
행동 옮긴 이타심

홍은영

독도여
독도 여행
수호천사
독도 수호

홍은영

- 경북 문경 출생
- 고려대학교 상담심리교육(교육학 석사)
- 단국대학교 상담심리학(박사수료)
- 연인 신인문학상 시조 부문 당선(2017)
- 한국독도문인협회 회원
- (현) 천안시청소년상담복지센터 팀장

독도여 외 3편

천년을 삼킨 자리
화산도 뚫을 기세
눈길을 마주하며
외롭게 견딘 파고
동쪽 끝 격랑을 안고
바라보는 한반도

햇살을 등짐 지고
바람을 그리면서
한여름 폭풍 전야
꽃피운 아지랑이
그대를 향한 이정표
동해바다 지킴이

독도 여행

동단의 바다 땅끝
외롭게 울던 가슴

갈매기 날아들고
반기는 파도 소리

설레는
봄빛 안고서
해를 맞는 첫걸음

수호천사

달 품은 그대 가슴
별마저 불러내고

외풍에 끄떡없는
동해의 독불 장군

카랑히
부르는 노래
자유 대한 지킨다

독도 수호

샛바람 바위 틈새
죽지 않는 파도 소리

윤슬로 펼친 영토
우산도 깨운 낙조

독섬의
괭이갈매기
동해 눕혀 건넌다

홍
찬
선

독도는 외롭지 않다
아, 독도!
우금티
대한제국 진혼곡
우산봉 333계단

심전 홍찬선(心田 洪讚善)

- 충남 아산 출생(1963, 호적은 1966)
- 월랑초, 음봉중, 천안고 졸업
- 서울대 경제학과, 서강대 MBA 졸업
- 시세계 시 부문, 시조 부문 신인상 수상(2016)
- 한국시조문학 신인상 수상(2016)
- 첫 시집 『틈』(2016), 첫 시조시집 『결』(2017)
- 공저 『독도 플래시 몹』(2016)
- 한국경제신문, 동아일보 기자
- 머니투데이 북경특파원, 편집국장, 상무 역임
- (현) 문학세계문인회 정회원
- 한국시조문학진흥회 부이사장
- 한국독도문인협회 공동대표
- 동국대학교 정치학과 박사과정 재학 중
- 이메일 hcs0063@hanmail.net
- 블로그 대동세계(http://blog.naver.com/hongcs0063)

독도는 외롭지 않다 외 4편

누가
독도를
외로운 섬이라 했나

無望大海
기댈 것 하나 없는
동해에 우뚝 솟은
큰 섬

동쪽 우산봉
서편 대한봉
짝 이뤄
기틀 잡고

촛대봉 탕건봉 삼형제굴
부채바위 큰, 작은 숫돌바위
오작교 되어
하나 되는 곳

독도는
상상력 덩어리

독도는
젊음의 꿈

독도는
대한민국 미래

갈매기 떼 지어 환영 합창하고
켜켜이 쌓아올린 역사의 절벽
독도 국화 독도 백리향
독도 사철나무 독도 보리수…

보이는 것
헤아릴 수 없이 많고
바닷속
보이지 않는 것
훨씬 더 많은

설렘은 아쉬움으로
아쉬움은 다짐으로
다짐은 거듭남으로
바뀌는 지금

틈마다
결마다
생명 돋아나는 곳

독도는
절대
외롭지
않다

아, 독도!

감기몸살로
누워 있을 순
없다

뻔뻔하고 파렴치한
역사에
한민족에
회복할 수 없는
큰 죄 지어
천벌 받을
일본

여전히
반성할 줄 모르고
독도를 자기네 땅이라고
중고등학교 교과서에
생떼, 억지 쓰는
집단적
사이코패스

일본의
살아 있는 양심

모두
어디에 숨었는가

大韓의
쇠뿔 단김에 빼는
기개
어디로 갔는가

하늘이
땅이
역사가
우리가
지켜보고 있는

천지만물 소생하는
춘삼월 이때
감기몸살로
누워 있을 순
없다

우금티

　충남 공주에서 부여로 넘어가는
　舟尾山에 우금티라는 고개가 있습니다
　가난한 효자의 아버지 살린 금송아지 나왔다고 牛金티라고 하
고
　산적이 출몰하니 해진 뒤 소 몰고 넘지 말라는 牛禁티라고도
불립니다

　말안장처럼 생긴 우금티,
　1894년 11월 이전까지 그다지 알려지지 않은
　수많은 고개 가운데 하나였습니다
　나라를 지키고 백성을 편안하게 한다는
　保國安民의 기치 높게 내걸고
　동학 농민군이 왜군 몰아내기 위해
　이곳에 몰려들기 전까지 말입니다

　그날
　죽창 들고 흰 옷 입은 갑오 농민군,
　외세와 왜놈 몰아내고, 폭정 끝내 백성 구제한다는
　斥洋斥倭 除暴救民을 앞세우며
　충청감영이 있는 공주,
　우금티로 疾走했습니다

　뜨거운 가슴 안고 뛰는 농민군을 기다리고 있던 것은
　무라타 소총과 스나이더 소총,
　살인기계 개틀링 기관총이었습니다
　'侍天主 조화정 영세불망 만사지'
　기껏 화승총이 주무기였던 농민군은
　총알도 피해 간다는 '주문' 외며 突擊했습니다

그러나
주문은 사람에게 효과가 있었을지 모르나
싸늘한 기계에는 통하지 않았습니다
앞에서 쓰러지면 뒤따르던 농민군 넘어져
선봉대 1만 명 가운데 3500명 남고
그 3500명도 500명만 살아남았습니다

초겨울 눈발 날리던 우금티,
시뻘건 핏물 흘러 시내가 되고
保國安民의 뜨거운 가슴은
차디찬 주검 되었습니다
살인기계 가진 일본군 200명
大勝의 축배 높이 들었습니다

그로부터 시간 흐르고 흐른 지금,
농민군 흘린 핏물 찾기 어렵고
농민군 恨은 東學革命慰靈塔 떠돕니다
우금티 밑으로 터널이 뚫려
예전 모습도 찾기 어렵습니다

그렇게
우금티는
우금티 전투는
동학농민혁명은
日帝 앞잡이들은
잊혀지고 있습니다

* 舟尾山(381m): 충남 공주시 금학동과 이인면 주미리의 경계에 있는 산. 이곳에 우
  금티가 있다.

대한제국 진혼곡
— 『백성의 나라 대한제국』, 『갑진왜란과 국민전쟁』에 붙여

눈 맑게 확 뜨이고
귀 밝게 뻥 뚫린다

백 년 동안 어둠에 묻혀
감춰지고 조작되고 잊혀졌던
史實들이 事實로 드러나
가슴이 뛴다

그것은
鎭魂曲,
日帝의 총칼 맞고
억울하게 죽어 간
조상들의 넋 달래는
진혼곡

그것은
회초리,
민족과 역사에
씻지 못할 큰 죄 짓고
아직도 뉘우치지 못하는
나라 팔아먹은 반역자
역사를 잊고 지낸 후손들
후려치는 회초리

그것은
出師表,
부끄러운 역사 딛고
떳떳하고 아름다운 앞날
아들딸들에게 물려주기 위한
출사표

진혼곡 회초리 되고
회초리 출사표 되어
닫혔던 눈
막혔던 귀
얼었던 가슴
일깨운다
되살린다

파천으로 왜곡시킨 아관망명,
철저히 숨겨졌던 갑오, 갑진왜란,
친일을 독립운동으로 오도시킨 독립협회,
치마 휩싸여 亡國 부른 나약한 광무황제,
잘못된 역사의 질곡 벗겨진다
눈 뜬 사람 보고
귀 열린 자 듣고
가슴 트인 사람들
느껴라

* 국사 교과서에서 배웠던 역사와 정반대되는 새로운 사실들을 알게 해 준 『백성의
  나라 대한제국』, 『갑진왜란과 국민전쟁』(황태연, 청계, 2017. 8. 11)을 읽고 쓰다.

우산봉 333계단

층층 계단 오른다
대한의 동쪽 끝 독도의 東島
우산봉 오르는
삼백삼십삼 개

계단 하나에 설움
계단 하나에 반성
계단 하나에 다짐
계단 하나에 미래
계단 하나에 꿈 실어
가슴으로 오른다

구십팔 미터 깎아지른 절벽
꺾임과 굽이로 숨 고르다
건너편 西島 대한봉 아래
자리잡은 독도 주민 김신열 씨 집
탕건봉 촛대바위 삼형제굴 숫돌바위
하나하나 눈에 새기며 오른다

빼앗긴 나라 되찾기 위해
목 터져라 외친 독립만세 운동
민족대표 삼십삼 인의
열 배 백 배 만 배 모여
억지 더 이상 쓰지 못하게
고조선 고구려 기상 되살리려는
각오로 오른다

홍
찬
표

부르지마 꿈의 섬이라고
외쳤다 독도야
소나기
그 밤
달 여울
독도

홍찬표

- 강원도 춘천 출생(1980)
- 시세계 신인상 수상(2016)

부르지마 꿈의 섬이라고 외 5편

불안의 해안을
그리고 외침을 휘가르고서
꿈의 섬이라 부르는 족속에 나라는
울릉도를 다케시마라 말하고
울릉도의 영유권을 호소하는
어둑한 무리의 소리여
독도만 자기네 땅이라 우기는 줄 알았네
무한의 번영된 정보의 바다를 건너 건너
서핑의 자료의 서적 속에
섬나라 우기는 건 독도만이 아님을 울릉도여 한탄하라
너의 이름을 개명해 부르는 것조차
허락되어지지 말았어야 할 것을
부르는 것만 그들이 원하는 허용하다
동방의 나라의 한쪽을 꿈에라도 가고 싶다
마음대로 외쳤는지
다케시마라 부른즉
아서라 꿈도 꿈지 마라
너희에게 꿈의 섬은 없나니 잊어라
그리고 뿌리 깊은 역사의 나라에 울릉도와 독도를
꼬옥 새겨 두 번 다시 꿈의 섬이라
그 입 담지 마라

외쳤다 독도야

팔 한짝에 한국령 문신을 새겨
국토의 끝 섬이라 부르리

아, 동쪽
명찰 단 섬이여 독도여 내가 왔다

그리도 뜨겁게 보며 부르며
만나고 싶던 뱃길

도시 속에 뜨겁게 외쳐 목놓아 부를 적에
나비가 새가 퍼득이며 듣는다

나비야 새야
서양에 갈 적에 잠시만 독도에게 들여
소담히 전해다오

도시 속에 목놓아
뜨겁게 부르는 외침이 있음을
그리고 그리고
서쪽의 사내가 널 꼭 만나자 했다고

소나기

여름 낮 파란 창공 사이
높고 낮은 구름이 모여 스친다

푸른 매미 소리가
움푹 파들어 간 도로에 먼지를 만나고
바닥에 떨어져 있다

깊은 어둠 속에서 올라와 소리치는
소리꾼의 짧은 생애가 추락되어 누워 있다

자유를 누렸을까
한여름 밤의 꿈을 소리쳤을까
더 날지 못함이 아쉬워 날개를 퍼득거린다
조심히 투명히 바삭히 보이는 몸통 날개와 함께
집는다

자신의 마지막 생애를 알았을까
헐리웃에 가지 못한 끝을

오동나무에 가져다 놓는다
아직은 기력이 있어 붙어 오를 힘이 있나 보다

푸른 매미 소리가 들리지 않는다
다들 제짝을 찾아 구애의 노래를 멈췄다

콘크리트 바닥 콘트라베이스 굵은 율선으로
튕겨져 퍼져 온다

한 소리꾼의 생애가
구름의 스침처럼 부딪쳐 한줄기 빛과
소리와 슬픔이 매듭지어 투명하게 낙하한다

그 밤

밤새 깊이 우는데
별과 달은 깨어 있네
만발한 봄밤 국화꽃 사이
사진 한 장 검은 띠를 둘렀네
아무도 먹을 수 없는 성찬
고요히 바쳐진 술잔에는
스며 마실 수 없는 기억만 담겨
별빛처럼 반짝 눈물 만들고
툭툭 제 몸 타 버린 향의 재만
시간을 떨군다
미망인의 시름 섞인 숨소리 퍼지면
바람 한 점 없이 흔들리지 않는 촛불은
눈물을 말리며 잠든 밤을 밝히네

달 여울

눈물이 고여 저 달을 볼 적에

달과 구름이 함께 있으니
달무리라 하더라

달을 보니 산 자가 떠나간 슬픈 생각나서

눈물이 멈추지 않고 달을 보니

달 여울이 됩니다

달 언저리 둥글게 생긴 허연 테 월운이 생기면

슬픔이 모여와
눈물이 폭 좁게 빨리 떨어지던

달 여울이 흐르곤 합니다

독도

울어도 그 섬은 오지 않네
대체되지 않는 인력의 일터 속에
떠날 채비할 수도 없이
막연히 갈 수 없는 이 몸이여
그저 또 너의 이름에
몸종 되어진 세상의 이 노비는

푸름 바람도 잊고
푸른 뱃길도 없고
파란 파도도 없는
매연만 잔뜩 칠해진
강가로 다가가
먼먼 회상과 독백을
하늘로 쏘아 올린다
꼭 같께 니가 오지 않아도

군인은 총으로,
시인은 펜으로 국가를 지킨다!

정유지
(시인·문학평론가)

1. 동해를 지키는 수호신, 독도를 그리다

"작은 것이 아름답다."

인용된 것은 독일 학자 슈마허가 한 말이다. 개발도상국에선 고가의 첨단기술보다 비용이 적게 드는 적정기술이 더 중요하다고 강조하였다. 위기의 순간일수록 단순하고 오래된 기술이 화려한 첨단기술보다도 더 강하고 더 빛날 때가 있다. 요즘 서울 불바다를 끊임없이 외치는 북한이 미사일을 발사하게 된다면, 서울시민의 발인 지하철이 파괴되고, 전기 공급도 차단되며, 교통 역시 마비되는 등 사상 초유의 사태가 전개될 것이다. 스마트폰이나 자동차에 설정된 내비게이션(Navigation)도 제 기능을 발휘하지 못할 것이다. 고가품 그 자체가 한마디로 무용지물이 되는 것이다. 첨단장

비가 무용지물이 되었을 때, 가장 오래된 방식이 큰 힘을 발휘할 때가 있다. 가령 위치확인 시스템 GPS(Global Positioning System) 기능이 마비될 때 군에서 독도법을 배운 리더가 나침판과 지도를 펴 놓고 지도 정치를 할 수 있다면 방향감각을 잃은 이들에게 희망을 분명 줄 수 있을 것이다. 지도 한 장과 나침판이 희망의 전령이 될 수 있다. 작은 것은 비싼 것에 밀려 도외시되더라도 가장 위급할 때엔 큰 힘이 될 수 있다. 마찬가지로 시인들의 작은 염원과 바람이 결집되어 독도 수호 시집이 세상에 태어났다. 밤하늘을 밝히는 반딧불이처럼 세상에 뿌려졌다. 반딧불이 하나는 곤충에 불과하다. 그러나 그러한 반딧불이가 수없이 모이면 세상을 밝히는 별이 된다. 아울러 세상을 구하는 아름다운 별이 된다. 독도 수호뿐 아니라, 대마도와 간도를 되찾기 위해 반딧불이 같은 존재로 변신한 시인들이 모여, 세상 구하는 별을 탄생시킨 것이다.

간찰(簡札)이란 편지를 의미한다. 예전엔 죽간, 종이, 비단 위에 글을 적어 친구, 가족, 친지들에게 보냈다. 시간 들여 먹 갈아 그 먹을 찍어 한 획, 한 획 간절히 적었다. 순수함, 긴박함, 바람을 담았다. 단순한 수단이 아닌 마음과 의지, 영혼을 담은 그릇이다. 진정성, 곡진함을 한 획에 담은 것처럼 정성을 다한 것이 간찰이다. 근대 이후에는 종이 위에 편지를 썼고 이메일(E-Mail)로 더 자주 편지를 썼다. 요즘엔 카카오톡(Kakao Talk) 같은 SNS(소셜 네트워크 서비스, Social Network Service)를 통해 안부를 전하는 시대가 되었다. 시인들이 우리 시대를 향하여 간찰의 펜을 들었다. 정부가 대놓고 주장할 수 없는 테마(Thema)를 가지고 독도 수호의 간절한 반딧불이 마음이 담겨진 간찰을 세상에 보내고 있는 것이다. 대한민국 정부의 입장은 한일 양국의 긴

밀한 선린외교 관계에 치명적 악영향을 미칠 수 있다는 점에서 독도 수호에 대한 주장을 공식적으로 전개하지 않고 있는 반면, 일본의 경우는 다르다. 일본 교과서에 독도를 일본 영토로 명기할 정도로 심각한 상황이다. 한편 가깝고도 먼 섬, 대마도의 경우는 현재 일본이 실효지배하고 있는 땅이다. 일본의 강경파들이 우리가 실효지배하고 있는 독도를 일본의 영토라고 주장하는 것은 괜찮고 대한민국 국민이 대마도를 대한민국의 영토라고 주장하는 것 자체가 잘못된 주장인가? 역사적으로도 1861년 일본인들이 국제공인지도로 만든 삼국접양지도 불어판에, 독도와 대마도는 조선의 영토로 표기되어 있다. 일본이 이렇게 우리 영토를 국제적으로 인정하고도 그 후 7년 뒤 명치유신(1868)과 더불어 제외국(조선)의 동의 없이 임의로 대마도를 강제 점령했다. 이 때문에 대마도를 강제 점령한 것은 국제적으로 인정받을 수 없는 불법인 것이다.

군인은 총으로 국가를 지키지만, 시인들이 펜으로 국가를 지키고 있다. 벌써 2년째이다. 놀라운 일이 아닐 수 없다. 대한민국을 지키기 위해 35명의 시인들이 독도 수호 공동시집을 세상에 내놓은 것이다. 독도 수호 공동시집 『독도 플래시 몹』 속에는 시인으로서의 뜨거운 진정성과 작가정신이 그 바탕에 흐르고 있다. 누가 시키지도 않았는데 자발적으로 젊은 시인들이 독도 수호뿐만 아니라, 잃어버린 땅! 조선의 영토 대마도와 간도까지 확대하여 노래하고 있다는 점에 주목하지 않을 수 없다. 이들의 목소리는 한국 지성인의 목소리다. 강력한 독도 수호 의지를 피력하고, 나아가 잃어버린 고토(古土) 대마도와 간도에 대한 역사적 자각 및 정체성 회복 또한 그려 내고 있다는 점이다.

여기 35명의 젊은 지성들은 '독도는 대한민국의 땅'임을 밝히는 '독도 플래시 몹 운동'에 적극 동참하고 있는 것이다. 플래시 몹(flash mob)이란 특정 웹사이트에 갑자기 사람들이 몰리는 현상을 뜻하는 플래시 크라우드(flash crowd)와 동일한 생각을 가지고 행동하는 집단인 스마트 몹(smart mob)의 합성어이다. 서로 모르는 불특정 다수가 인터넷과 전자 메일, 휴대전화 등의 연락을 통하여 약속된 시간에, 약속된 장소에 모여, 짧은 시간 동안 주어진 놀이나 행동을 취하고는 금세 제각기 흩어지는 것을 말한다. 홍은영 시인은 동해 지킴이 독도를 「독도여」로 함축시켜 호칭함으로써 눈길을 끌었다.

천년을 삼킨 자리
화산도 뚫을 기세
눈길을 마주하며
외롭게 견딘 파고
동쪽 끝 격랑을 안고
바라보는 한반도

햇살을 등짐 지고
바람을 그리면서
한여름 폭풍 전야
꽃피운 아지랑이
그대를 향한 이정표
동해바다 지킴이

-홍은영 시조 「독도여」 전문

홍은영 시인은 동해바다 지킴이로서 자리매김해 오고 있는 독도의 역사적 정체성을 활달한 시적 전개로 확보하고 있었다. 한마디로 대한민국의 정체성 회복을 노래하는 영혼의 울림이다. 영혼의 언어로 서정의 감성을 바다에 펼치듯이 문학적 내공이 남다르다. 아울러 정제된 시적 언어를 잔잔하게 동해바다 위로 수놓고 있어 절제미 또한 꽃피우고 있었다. 그 와중에 지경희 시인의 「독도 소나기」에서 희망의 메시지를 발견할 수 있었다.

> 기가 막힌 물세례
> 퍼붓고 지난 자리
> 시원한 마파람을
> 개굴개굴 뿌리듯
> 비 따라
> 개구리 소리
> 말끔히 쓸고 간다
>
> 기다리는 마음도
> 남겨 둔 이야기도
> 가슴속 하릴없이
> 또 쓸려 내려갈 때
> 꽃향기
> 가슴 적시며
> 웨딩마치 들린다
>
> ─지경희 시조 「독도 소나기」 전문

지경희 시인은 개굴개굴 독도 소나기를 부르듯 개구리의 음성을 빌어 독도를 노래하고 있다. 시원한 마파람을 통해 기다림과 속 깊은 말을 풀어내고 있다. 그런 바람이 모여 웨딩마치와 같은 꽃 향기를 독도에 가득 채우고 있다. 독도를 소나기의 물세례로 시원하게 적시듯, 선명한 시적 언어를 덧칠하고 있는 것이다. 희망의 메시지마저 활짝 피워 올리고 있다. 손희란 시인은 「독도 나침판」을 통해 존재적 정체성을 회복하고 있다.

오천년 세파 속에
초록빛 너그러움

묵언을 심고 심어
견디고 또 견딘 섬

보아라
꿈의 나침판
마음의 닻 내린다

−손희란 시조 「독도 나침판」 전문

손희란 시인은 독특한 시적 안목으로 독도를 가리키고 있다. 보통의 '나침반'이 아닌 꿈의 실현을 위해 설계된 '독도 나침반'을 육화시키고 있다. 반만년 세파 속에서도 초록빛을 잃지 않고 굳건하게 한 자리를 지키고 있는 모습을 상기시킨다. 말하고 싶으나, 가볍게 말할 수 없는 현실을 대변하고 있는 가운데, 인고는 또 다른 인고를 낳듯 묵언이란 뼈 있는 언어로 승화시키고 있다. 마음의 닻을 내리고 꿈의 나침판을 활짝 펼치고 있는 것이다. 시대적 격랑의 회오리 속에서도, 나침판의 본질이 가지고 있는 지향성 및 정체성만큼은 변할 수 없음을 일갈하고 있는 것이다. 정유진 시인은 「독도 새우」의 매력에 푹 빠진다.

    무엇을 보았다고

    서러움 목이 메어

    허리를 구부리며

    피눈물 흘리는가

    암묵 속 경계선에서

    목이 타는 선구자

−정유진 시조 「독도 새우−닭새우」 일부

  정유진 시인은 독도의 대표 자연산, 독도 새우를 시적 소재로 삼고 있다. 독도 인근 깊은 바다에서 잡히는 독도 새우는 전량 자연산이다. 싱싱함의 극치다. 일반 새우처럼 쌓아 놓고 먹기 힘들어서 귀한 대접을 받는다. 고유의 단맛과 쫄깃함이 살아 있다는 명품 독도 새우를 부각시키고 있다. 서민들의 대표 술 소주의 최고 안주는 독도 새우다. 독도 새우의 종류는 다음과 같다. 닭새우, 꽃새우^(홍새우, 물렁가시 붉은새우), 도화새우 등이 있다. 정유진 시인은 독도 새우 중 닭새우를 부제로 삼고 있다. 가재의 일종인 닭새우의 표준어는 가시배새우다. 집게다리가 가늘어 새우를 닮았고 닭과 비슷해서 닭새우로 통한다. 보통 얕은 바다의 암초나 산호초에서 서식을 하며, 낮에는 바위 턱과 바위의 굴속에서 숨어 지내다가, 밤이 되면 사냥을 하는 야행성이다. 몸집이 크고 속살이 많으며, 신선한 횟감으로 애용되는 귀한 몸이다. 모양이 굉장히 아름답기 때문에 닭새우는 장식용으로도 이용된다. 시인은 이렇듯 귀한 닭새우를 통해 독도의 가치를 끌어올리고 있다. 닭의 캐릭터처럼 독도의 신새벽을 알린 선구자로 귀결시키고 있다. 최경미 시인은 독도 닭새우가 아닌 「독도 꽃새우」의 매력에 꽂혀 이제는 꽃새우 마니아로 변신했다.

> 수천 년 시름들이 굳은살로 내려앉은
>
> 편한 잠 못 이루는 심해에 뿌리내려
>
> 붉은 꽃 굽은 등허리
>
> 내 탓인 양 아프다
>
>   –최경미 시조 「독도 꽃새우」 전문

최경미 시인은 독도 꽃새우에 주목한다. 독도 꽃새우는 일명 바다의 귀족이다. 독도를 중심으로 동해 심해(200~300m) 울창한 바다 숲속의 산호밭에서 서식하는 특이한 새우다. 수온 2~5℃ 차가운 냉수대에서만 서식하는 특징이 있고 살이 탱탱하며 단맛이 일품이라서, 그 자체만으로도 몸값이 치솟아 금값을 뽐낸다. 더욱이 비주얼도 뒷받침해 주는 아주 예쁜 새우라서 꽃새우로 통칭된다. 남다른 쫄깃함과 달콤함의 대명사, 독도 꽃새우는 회로 먹어도 구워 먹어도 별미 중의 별미다. 또한 팔팔한 꽃새우는 원기 회복에 탁월하다. 꽃새우 껍데기 속에 감춰진 뽀얀 속살은 잊지 못할 유혹을 남길 정도이다. 시인은 독도가 겪은 수천 년 시름들을 굳은 살의 마디로 된 독도 꽃새우로 바라본다. 편히 잘 수조차 없는 심해에서 붉은 꽃으로 장식된 등허리가 타투처럼 아픈 흔적으로 남

겨져 있음을 노래하고 있다. 금나예 시인은 독도를 또 다른 시각으로 그려 낸다.

설화를 남긴 걸까
깊은 파고 만들면서
산고의 눈물 자국
불러 낸 푸른 노래
어머니 그리운 사랑
물보라를 띄운다

—금나예 시조 「독도 2」 일부

금나예 시인은 독도를 설화의 파고로 아름답게 수놓고 있다. 동녘의 끝단에서 산고의 진통을 이겨 낸 기억을 끄집어 낸다. 그때 흘렸던 눈물 자국 부르는 푸른 노래를 생성시키고 있다. 어머니를 그리는 뜨거운 사랑을 담아내며 초월적 물보라를 통해 어디쯤 띄워 올리고 있다. 그 같은 시적 장치는 독도를 굳건한 믿음의 존재로 자리매김하게 만드는 결정적 요인으로 작용한다. 독도는 홀로 있는 것이 아니라 어머니의 따뜻한 사랑을 만들어 내는 원천이 되고 있음 또한 엿볼 수 있다. 권보혁 시인은 독도를 신봉하는 경지까지 다다른다.

조국의 바다 지킨
너로 인해 따스하다

검푸른 망망대해
최동단 해신 되어

끝없이
파도를 남겨
낙조 붉힌 모국어

-권보혁 시조 「독도 2」 전문

권보혁 시인은 특화된 시적 안목으로 독도를 담아내고 있다. 독도를 종교적 시각까지 끌어올리고 있다. 그에게 종교란 오직 하나, 독도교인 것이다. 독도에 미친 시인이 아닐 수 없다. 이생진 시인이 일찍이 제주도 성산포를 노래해 많은 독자들의 가슴을 적셨다면, 권보혁 시인은 민족의 성지 독도를 노래해 국민들의 가슴을 적시고 있다. 더불어 안정된 삶의 철학을 바탕으로 한 독도 수호 의지를 발현시키고 있다. 낙조의 이미지로 만들어 낸 모국어의 극치를 선보이고 있다. 더 나아가 국가 정체성 회복을 강한 시적 어조로 부각시키고 있다. 격조 높은 독도 미학의 새로운 지평 역시 열고 있었다. 이수경 시인은 독도를 또 다른 이미지의 옷으로 코디 해 낸다.

바람이
바다 불러
독섬을 유혹한다

하이얀
면사포에
조가비 수를 놓듯

포말을

날리는 파도
끝이 없는 청혼가
–이수경 시조 「독도 5」 전문

  이수경 시인은 일본 강경파들이 온갖 망언으로 반드시 일본으로부터 반환받아야 할 섬, 대마도의 존재감을 무력화시키고 오히려 독도 문제를 부각시킴으로써 물타기 전형의 하이라이트를 연출하고 있음에 분노하고 있다. 그럼에도 독도의 아름다운 비경을 서정적으로 수놓는 세련된 미적 감각을 빚어내고 있다. 한 폭의 수채화를 보는 듯하다. 삶은 유혹의 연속이다. 그러한 유혹의 연속을 이겨 내고 하이얀 면사포를 날리는 포말의 정경으로 독도를 그려 내고 있다. 파도의 청혼가 세례로 거듭해서 태어난 신비의 섬이 되었다. 문문자 시인은 「독도의 하루」를 세상에 알리고 있다.

  … (중략) …

누가 외롭다 했는가
낮이면 뭍 친구들 찾아 주고
밤이면 물새들 쉼터로 내어 주고
새벽이면 태양을 마중하며
아침 맞이 분주하다

  … (중략) …

독도는

가족이 되고 이웃이 되고
푸른 동해 길 문지기 되어
또 하루를 연다네

　　　　　　　　　　　-문문자 시 「독도의 하루」 일부

　문문자 시인은 독도를 외로운 존재가 아니라, 낮에는 뭍 친구
들의 벗으로서, 밤에는 물새들의 쉼터로서, 새벽이면 태양을 맞이
하는 존재로서 정의하고 있다. 그뿐인가. 독도를 친밀한 가족으
로, 친절한 이웃으로 여기면서, 푸르른 동해의 문지기 되어서 하루
를 열고 있음을 노래하고 있다. 참으로 독도를 이보다 더 아름답
게 표현할 수 있을까. 거룩하고 신실한 이미지를 유발시키고 있
다. 홍찬표 시인은 독도를 숭고한 존재로 바라보고 있다.

　… (중략) …

푸름 바람도 잊고
푸른 뱃길도 없고
파란 파도도 없는
매연만 잔뜩 칠해진
강가로 다가가
먼먼 회상과 독백을
하늘로 쏘아 올린다
꼭 갈께 니가 오지 않아도

　　　　　　　　　　　-홍찬표 시 「독도」 일부

　홍찬표 시인은 독도를 하나의 유토피아^(Utopia)적 이상형으로 인

식하고 있다. 16세기 영국의 정치가이자 철학자였던 토머스 모어는 고대 그리스어 'Ou^(없다)'와 'toppos^(장소)'를 조합하여 유토피아^(Utopia)라고 명명했다. 문자 그대로 해석하면 유토피아는 '이 세상에 없는 곳'이다. 하지만 유토피아는 그리스어로 '좋은 곳'을 뜻하는 'eu topos'와 동음이의어이기도 하다. '이 세상 어디에도 없지만, 모두가 행복하게 살아가는 이상적인 세계'를 토머스 모어는 나타낸 것이다. 홍찬표 시인은 푸르름의 바다 잊고, 푸른 뱃길도 없으며, 파란 파도 없는 매연만 칠해진 강가에서 독도의 청정 수역을 회상하고 반드시 독도를 다시 그리워한 시적 독백을 쏘아 올리고 있다. 정용현 시인은 독도를 닭새우로 품는다.

> 태초의 어둠 속에
> 광명이 내려오듯
> 억겁의 세월 쌓아
> 해 닮은 붉은 몸살
> 촘촘한
> 가시를 세워
> 동해 독도 지킨다
>
> … (중략) …
>
> -정용현 시조 「동해 새우」 일부

정용현 시인은 독도의 변함없는 자태를 독도 새우로 새롭게 선보이고 있다. 독도 새우의 눈부신 모습에 매료되어 마음이 움직이고 변화할 정도로 엑스터시^(Ecstasy)의 황홀경마저 맛보고 있다. 더욱이 그 모습이 눈이 부셔 숨막힐 만큼 빛나고 화려함에 정신을 놓을 지경이다. 달빛 어린 애절한 그리움도 담아내고 있다. 독도 새우의 숨결을 곳곳에 깔아 놓는 시적 장치 또한 섬세하다. 심해의 광활한 숲을 단숨에 달려갔던 독도 새우의 힘찬 나래로 동해를 지키고 있다. 독도의 수호 의지를 빗댄 시적 내공이다. 홍찬선 시인은 독도를 영유권 문제로 분쟁화한 일본을 질타한다.

감기몸살로
누워 있을 순
없다

뻔뻔하고 파렴치한
역사에
한민족에
회복할 수 없는
큰 죄 지어
천벌 받을
일본

여전히
반성할 줄 모르고
독도를 자기네 땅이라고
중고등학교 교과서에
생떼, 억지 쓰는
집단적
사이코패스

··· (중략) ···

–홍찬선 시 「아, 독도!」 일부

홍찬선 시인은 민족의 대변인이 되어 독도 수호의 당위성을 역설하고 있다. 감기몸살 따위로 대업(大業) 즉 독도 수호의 대의(大義)를 그르쳐서는 안 될 일임을 다짐하고 있다. 일제의 36년간 식민 통치 기간 동안 인권유린은 물론 민족의 탄압과 억압, 총칼을 앞세운 공포정치 등 민족의 말살 정책을 자행했다. 그런 현실에도 불구하고 오히려 뻔뻔하게 파렴치한 일련의 행위에 대한 반성을 전혀 하지 않는 일제를 향해 돌직구를 날리고 있다. 결국 일본은 히로시마와 나가사키에 원자폭탄 두 방을 맞고 무조건 항복이란 큰 벌 받기에 이르렀음을 토로하고 있다. 패망 후에도 일본이 36년간 저지른 갖가지 만행에 대한 자숙과 반성은커녕 대마도 영유권의 공론화를 막기 위해 중고등학교 교과서에 독도가 일본 땅이라고 억지, 생떼 쓰는 상황까지 몰고 있음을 거론하고 있다. 단순히 미친 것이 아닌 지능적으로 미친 집단적 사이코패스(Psychopath) 현상을 발견하기에 이른 것이다. 유세현 시인은 독도를 가슴으로 느끼고 있다.

··· (중략) ···

보지 않아도
듣지 않아도
이 세월 가고 또 가도
이 하늘이 보여 주고
저 바다가 들려주고
시퍼런 역사가 일깨워 준다

그리운 우리의 땅

불변임을

오늘밤도 가슴으로 느낀다

-유세현 시 「독도! 가슴으로 느낀다」 일부

유세현 시인은 뜨거운 가슴이 배제된 사랑을 인정하지 않는다. 서로 조건이 맞아서 결혼할 경우, 언제든지 떠날 상황이 되면 갈라설 수밖에 없음을 피력하고 있는 것이다. 보지 않아도, 듣지 않아도 세월이 또 가더라도, 하늘과 바다가 보여 주고 들려주는 시퍼런 역사로 인해 독도 수호에 대한 강력한 의지가 중요함을 역설하고 있다. 가슴으로 그려내는 독도 사랑이 불변임을 고백하고 있는 것이다. 박금자 시인 역시 독도 사랑에 빠져 있다.

반만년 침묵 깨고 소리쳐 우는 걸까

일본의 억측 주장 억장이 무너져도

오늘은 파도를 엮어 은하수를 건넌다

-박금자 시조 「독도에게」 전문

박금자 시인은 속으로만 삭힌 오천년 사랑의 심장을 꺼내 침묵 깨뜨리듯 소리쳐 울고 있다. 독도를 진정으로 사랑하지도 않으면서 사랑의 탈을 쓴 일본의 억측 주장에 억장이 무너져 내려도 오천년 사랑을 확인시킨 울음을 멈출 수는 없는 일이다. 파도 소리를 엮어서 심연의 은하수를 건너고 있는 것이다. 서정시조의 백미가 아닐 수 없다. 매일같이 파도 소리를 가슴에 심으면서 독도에 대한 애정을 키우고 있는 것이다. 이미선 시인은 독도의 입장이 되어 말하고 있다.

> 450만년(晩年)을 한결같이 거친 파도와 싸우며
> 버텼건만 백년도 못 사는 인간들이
> 나를 어찌 뜻대로 하려 하느냐?
>
> … (중략) …
>
> 나는 하나도 빠짐없이 모두 보았노라
> 일본 너희가 하는 모든 우격다짐을
>
> 욕심이 지나치면 화를 당하고
> 자기 꾀에 스스로 무덤을 파는 형상이 되노니
> 단일민족 백의민족 가슴속에 한 맺힐 일일랑
> 내가 진노(瞋怒)하기 전에 스스로 물러나야 할 것이다
>
> —이미선 시조 「독도」 일부

　이미선 시인은 독도의 화신이 되어 일갈하고 있다. 450만년 동안 거친 파도와 싸우면서 버틴 자화상을 갖고 있는데, 100년을 살지 못하는 인간들이 어찌 맘대로 하려고 하는가를 독백하고 있다. 우격다짐으로 독도를 유린하고 있는 일본의 속내를 파악하고 있다. 욕심이 지나치면 화를 당하게 되는데, 제 스스로 무덤을 파는 꼴임을 경고하고 있다. 백의민족의 가슴속에 한을 맺히게 하여 결국 진노하기 전에 물러날 줄 알아야 함을 꼬집고 있다. 여기서 진노란 역사의 심판을 의미한다. 패망할 줄 모르고 고작 36년간 온갖 만행을 자행한 일본의 전례를 되짚고 있는 것이다.

2. 잃어버린 영토, 절신한 언어로 대마도와 간도를 그린다

"절실해야 만날 수 있다."

절실함의 상징은 차나무이다. 차나무는 실화상봉수(實花相逢樹)로도 잘 알려져 있다. 차나무는 뿌리를 깊게 내리는 직근성(直根性) 나무다. 차나무뿐 아니라, 동백나무, 소나무 등 직근성 나무는 옮기는 것 자체를 싫어하고 거부한다. 전통시대의 혼례식 때, 부모가 딸, 며느리에게 차나무의 열매를 주는 관습이 있는데 이는 서로 헤어지지 말고 오순도순 잘 살라는 의미를 내포한다. 차란 차나무의 잎을 달이거나 우려낸 것을 뜻한다. 차나무는 운화(雲華)라 불리는 순백의 꽃이 핀 후, 열매를 맺지만 그 열매가 떨어지기도 전에 다시 꽃을 피워 올린다. 이에 차나무는 꽃과 열매가 상봉하는 독특한 캐릭터의 나무다. 누군가를 절실하게 사랑하는 마음이 있어야, 반드시 그 만남은 이루어질 수 있다.

시인들은 독도를 누구보다 사랑한다. 그리고 대마도, 간도에 대한 뜨거운 연모의 정을 그려 내고 있다. 그들이 원하는 것은 독도를 제대로 사랑할 수 있도록 만드는 가교 역할이다. 또한 1868년 조선의 동의 없이 일본이 불법적으로 강탈한 땅! 대마도에 대한 절절한 사랑도 가지고 있다. 대마도에 대한 간절함을 펜으로 전달하고 있는 것이다. 간도에 대한 절절한 그리움을 지피고 있는 것이다.

일찍이 한나라 시인은 지난 독도 수호 제1공동시집에서, 대마도를 '부산과 최단거리 49.5km, 부산서 울산 가는 거리보다 가깝다'고 노래했다. 해외 로밍 없이도 휴대폰 통화가 가능함을 독백했고, 비련의 주인공 덕혜옹주를 회상하며, 최익현 추모비, 조선역

관순난지비, 조선통신사 재현행사^(아리랑 축제) 등을 열거한 바 있다. 이웃사촌처럼 미소 건네는 대마도 작은 선물 가게 주인의 정감어린 말 또한 생생하게 전해 주었다. 역사적으로 일본의 대마도 반환 관련 근거는 포츠담선언에 기인한다. 포츠담선언^{(Potsdam Declaration, 1945. 7. 26)*}에서 일본에 대하여 '불법으로 소유한 조선의 영토^(부속도서 포함)' 반환을 선언했다. 같은 해 8월 14일 일본은 무조건 항복으로 포츠담선언의 수락을 결정했다. 이에, 대한민국 초대 정부인 이승만 대통령은 1949년 1월 8일 연두기자회견에서 포츠담선언의 이행을 촉구했다. 1949년 12월 31일 이승만 대통령 연말기자회견에서 "대마도는 우리의 실지^(失地)를 회복하는 것이며, 조만간 대일강화회의 석상에서 다루게 될 것"을 피력했다. 특히 아사히신문에 따르면, 1950년 1월 1일 일본 수상이 천황에게 이승만 대통령 주장과 관련하여 대마도 상황^(한국인 2천여 명이 거주)과 포츠담선언 약속에 관해 보고하였다고 기록되어 있다. 또한 일본의 일부 언론은 대마도에 대한 양국 공동관리특구설을 보도^(2008. 7. 3 일본 NHK 방영)한 바 있다. 1950년 6.25전쟁은 이승만 대통령으로 하여금 더 이상 대마도 반환 주장을 할 수 없게 만드는 장애물로 작용하였다. 1951년 3월 유엔 사무총장 트리그브의 휴전 제의가 나오면서 일본은 이전에 한 번도 거론하지 않았던 독도 문제를 제기하고, 독도 주변에서 어업 활동 역시 빈번하게 지속하였다. 이 같은 원인은 다음과 같다. 휴전이 되면 이승만 대통령의 대마도 반환 주장이 다시 제기될

---

* 포츠담회담(Potsdam Conference)은 1945년 5월 8일 독일이 항복한 뒤, 일본의 항복 문제와 전후처리 문제를 논의하기 위해 독일 베를린 교외 포츠담에서 열린 연합국의 세 번째 전시 회담이다. 회담은 1945년 7월 17일에 시작하여, 8월 2일 종결되었다. 회담의 주요 의제는 패전국 독일의 통치 방침, 해방국 폴란드의 서부 국경 결정, 패전국 오스트리아의 점령 방침, 동유럽에서 러시아의 역할, 패전국의 배상금 문제, 대일(對日) 전쟁 수행 방침 등이었다. 특히 일제 치하의 한국 등 일본이 침략을 통해 부당하게 획득한 영토의 몰수를 요구한 선언이다. 같은 해 8월 14일 일본은 무조건 항복으로 포츠담선언의 수락을 결정했다.

것이 분명한 바, 일본은 대마도 문제를 은폐하기 위한 고도의 책략으로 독도 영유권 카드를 던진 것이다. 이로써 대마도는 일본에 의해 불법 강탈당한 우리의 땅임에도 오랜 세월 동안 철저하게 베일 속에 가려지게 되는 비운의 희생물이 된 것이다. 아아! 슬픈 역사의 단면이 아닐 수 없다. 대한제국 그 후손의 자격으로 일본 정부를 대상으로 대마도 반환운동의 당위성을 주장해야 한다. 한편 6.25 전쟁 직후, 초토화된 전후 국토 복구 작업으로 인해 대마도 반환 주장은 일본의 독도 영유권 분쟁화라는 물타기로 대의명분이 수면 아래 가라앉게 되었고 설상가상으로 4.19의거는 대마도 반환운동의 구심점 역할을 한 이승만 대통령의 운명의 종지부를 찍는 상황까지 만들었다. 만약 일본군 육군사관학교 출신인 박정희 정부의 탄생이 미뤄지고 조금만 더 이승만 정부가 유지되었다면 아마도 일본 정부로부터 대마도를 반환받는 게 될 수 있었을 것이다. 역사의 아이러니(Irony)가 아닐 수 없다.

간도협약(間島協約)*은 일본제국이 1905년 제2차 한일협약으로 대한제국의 외교권을 불법적으로 강탈한 상황에서 1909년 9월 4일 일본이 청나라와 체결한 조약이다. 북간도는 일본이 팔고 대한제국이 잃어버린 뼈아픈 고토(古土)이다. 1909년의 간도협약은 당사국

---

* 간도협약의 요지는 다음과 같다. 첫째, 두만강을 양국의 국경으로 하고, 상류는 정계비를 지점으로 하여 석을수(石乙水)로 국경을 삼는다. 둘째, 용정촌·국자가(局子街)·두도구(頭道溝)·면초구(面草溝) 등 네 곳에 영사관이나 영사관 분관을 설치한다. 셋째, 청나라는 간도 지방에 한민족의 거주를 승준(承准)한다. 넷째, 간도 지방에 거주하는 한민족은 청나라의 법권(法權) 관할 하에 두며, 납세와 행정상 처분도 청국인과 같이 취급한다. 다섯째, 간도 거주 한국인의 재산은 청국인과 같이 보호되며, 선정된 장소를 통해 두만강을 출입할 수 있다. 여섯째, 일본은 길회선(吉會線: 延吉에서 會寧間 철도)의 부설권을 가진다. 일곱째, 가급적 속히 통감부 간도 파출소와 관계 관원을 철수하고 영사관을 설치한다. 앞서 대한제국의 외교권을 강탈한 일본은 간도에 통감부를 설치하여 간도 지역이 대한제국의 영토임을 인정하였었다. 그러나 간도협약을 통해 일본은 불과 2년 사이에 자국의 전략적 이해에 따라 간도의 영유권 인식을 대한제국에서 청국으로 뒤바꾼 저의이자, 대한제국의 의사와 무관하게 간도 지역을 청국에 넘겨 버린 것이다.

인 대한제국 정부가 참여하지 않은 가운데 취해진 대한제국 영토의 할양인 셈이다. 간도협약에 의해 일제는 안봉철도(安奉鐵道)의 개설 문제, 무순(撫順)·연대(煙臺)의 탄광 문제, 영구지선(營口支線)의 철수 문제, 관외철도(關外鐵道)의 법고문(法庫門) 연장 문제 등 만주에서의 몇 가지를 교환하는 조건으로 청에게 간도를 할양하였던 것이다. 왕나경 시인은 간도에 대한 영토 반환을 부르짖고 있다.

핵탄두 방어 목적
성주의 사드 배치
미국에 항의 못해
약소국 경제 보복
중국의 졸렬한 방법
적반하장 아닐까

일본이 선심 쓴 땅
주인이 따로 있다
일본이 패망해서
무효된 간도협약
포츠담선언 근거로
돌려다오, 간도를

토문강 넘나들며
선구자 흘린 눈물
끝없이 외친 절규
이제는 말할 시기

간도는 대한제국 땅
중국 당국 아는가

—왕나경 시조 「간도협약은 무효다」 전문

왕나경 시인은 간도협약이 대한제국의 위기 상황을 이용한 일본과 청국의 불법행위임을 지적하고 있다. 한국의 사드 배치로 경제 보복을 자행하는 중국을 향해 포츠담선언 이행을 촉구하고 있는 것이다. 협약 내용 자체가 양국의 불법행위임을 전 세계에 고발하고 있다. 또한 간도 반환에 대한 강한 의지를 천명하고 있다. 그 국제법적 근거는 포츠담선언이다. 포츠담선언에서 패망국 일본은 부당하게 빼앗은 한국 등 영토를 돌려주게 되어 있다. 여기서 간도협약 자체가 국제법상 무효임을 부제를 통해 피력하고 있는 것이다. 김성훈 시인은 북간도의 큰 그림을 그리고 있다.

억울한 1909년
굴욕의 강제 할양
간도를 차지하는
국제적 불법 협약
간 빼고 쓸개 챙기는
제국주의 딴 속셈

한민족 분노의 땅
찾아야 되는 간도
속 주고 정 주면서
살 수가 없는 현실
한 세기 주인 행세를

이제 그만하그래

지나니 바람이요
떠나니 미련일 뿐
내 땅을 빼앗긴 채
분노의 나팔 분다
중국이 돌려줄 차례
이제서야 밝힌다

일제의 계략으로
넘겨진 한국의 땅
피바람 살을 찢듯
국토가 유린되고
일본의 패망 그 자체
협약 무효 근거다

용기여 싹 틔워라
바람결 별을 깨워
내 땅을 찾는 의식
광화문 시작해서
북경의 심장부까지
촛불 들고 나서자
　　　　　　　　　－김성훈 시조 「아, 간도를 반환하라」 전문

　김성훈 시인은 일제가 강제로 점령한 땅, 간도를 중국이 넘겨받
았어도 포츠담선언에 근거해 한국에 반환해야 마땅하다고 주장

한다. 오랜 동안 대한제국과 청 양국 사이에 귀속 문제를 두고 논란이 되어 온 간도는 이후 대한제국의 관할로부터 멀어지게 된 땅이 되었다. 그러나 고토 회복을 주장하는 시인은 비분강개(悲憤慷慨)의 모습을 취하면서 간도협약에 대한 무효임을 선언한다. 중국을 향해 간도 반환의 역사적 당위성을 은폐하지 말고 간도를 돌려 달라고 전 세계에 호소하고 있다. 더구나 광화문으로부터 시작한 촛불 행렬을 중국의 심장부 북경까지 이어 가자고 토로하고 있는 것이다. 문화혁명의 기저가 만들어 낸 아름다운 발상이 아닐 수 없다. 박귀자 시인은 역시 간도협약의 부당성을 부각시키고 있다.

> 남의 땅 제 땅인 양
> 주인 행세 웬 말인가
>
> 원주인 배제 협약
> 간도를 반환하라
>
> 중국은
> 포츠담선언
> 이행촉구 당사국
>   −박귀자 시조 「간도협약 무효 청원」 전문

  박귀자 시인은 일본이 청나라에게 선심 쓴 땅 간도에 대한 반환 논의 자체가 없었던 당시 상황을 고발하고 있는 것이다. 포츠담선언의 이해 당사국 안에 중국이 포함되어 있더라도 간도는 엄연히 일본이 강제점령한 대한제국의 땅을 할양받은 것이다. 일본의 패망은 곧 간도협약의 끈이 상실된 것이다. 남의 나라 땅을 일본이 제

맘대로 팔아먹었는데, 이 어찌 정상적인 협약이라 하겠는가. 일본이 강제로 빼앗고 다시 청나라에게 협상용으로 넘긴 땅, 간도는 과연 누구의 땅인가? 일본이 침략을 통해 부당하게 획득한 영토의 몰수를 요구한 포츠담선언에 근거해서, 간도의 원래 주인인 대한민국에게 중국이 반환해야 함에도 불구하고 영토 반환 논의에 간도 문제가 빠져 있는 것 자체가 아킬레스건이다. 중국은 패망국 일본과 맺은 협약을 정당하다고 논하지 말라. 중국이 일본과 불법적으로 맺은 간도협약은 무효이므로, 이 때문에 간도를 대한민국에 돌려줘야 한다. 전경국 시인은 북간도에 대한 애환을 담아낸다.

주인을 제외한 채
도둑들 거래한 땅

참으로 속이 상해
분노를 삭힌 노을

속으로 삼킨 대초원
북간도를 그리다

　　　　　　　　　　　　　　　－전경국 시조 「북간도를 그리다」 전문

전경국 시인은 국격이 약해, 제대로 목소리를 내지 못하고 있는 정부를 대신해서 북간도에 대한 실체를 알리고 있다. 주인을 제외시킨 채, 도둑들(일본, 중국)이 국제법 또는 역사적 사실로 볼 때, 북간도는 분명 대한민국의 땅이다. 일제가 불법적으로 청에게 넘겨준 북간도는 여전히 법적으로 대한민국의 땅인 것이다. 1712년 백두

산에 세워진 정계비는 도문강 이동으로 경계를 정했다. 도문강은
송화강이므로 북간도는 우리 땅인 셈이다. 1904년 6월 15일 대한
제국과 청 사이에 체결된 '한중변계선후장정'에서 청은 최초로 백
두산정계비를 인정했다. 청에게 북간도를 넘겨준 '간도협약'은 불
법적 행위다. 일제가 강박으로 강탈한 '을사늑약'이 완전무효이
므로 간도협약도 당연히 무효인 것이다. 1909년 9월 9일 제멋대로
맺은 간도협약이야말로 일제가 한국의 외교권을 대신 행사해 맺
은 주인이 배제된 채, 도둑들^(일본, 중국)이 거래한 무효 협약임을 꼬집
고 있다. 속이 상한 나머지 분노마저 삭힌 노을처럼 속으로 삼킨
대초원, 북간도 반환을 암시하고 있다. 한나라 시인은 할머니의
스토리텔링을 통해 간도를 기억하고 있다.

김일성 독재 왕조
반기 든 반공 교육
땅굴에 목숨 걸고
간첩을 남파할 때
할머니
간도 이야기
전설 같던 체험담

삼촌을 둘러업고
한 열흘 기차 타면
불모의 만주 벌판
눈물의 부모 상봉
새로운
희망의 농토

일궈 가던 우리 땅

젊은이 기피 업종
내딛는 기간산업
민족이 하나 되어
달리는 통일 열차
잃었던
역사 속 고토
기억하라 동토여

–한나라 시조 「간도」 전문

　한나라 시인은 간도를 회복되어야 할 하나의 동토(凍土)로 설정하고 있다. 남과 북이 이데올로기 문제로 대립하고 있을 때, 전설 같은 할머니의 간도 이야기는 유년 시절의 화두였음을 상기시키고 있다. 삼촌을 업고서 열흘간 기차 타고 만주 벌판을 달려가야 도착할 수 있었던 땅이 간도였던 것이다. 이 간도는 부모와 상봉할 수 있는 할머니의 고향이었다. 한나라 시인은 기간산업의 일종인 철도를 일으켜서 민족이 하나 되어 통일 열차를 타고 잃어버린 역사 속 고토인 간도를 달려갈 것을 알리고 있는 것이다. 그러나 간도의 귀속 문제는 한국과 중국 사이에 여전히 미해결 현안이다. 이에 따라, 국가 정체성 회복을 선언한 한나라 시인이 일성으로 간도가 대한민국의 땅임을 노래하고 있는 것이다. 대마도에 대한 애정이 강한 심영선 시인은 「대마도의 밤」을 회고하고 있다.

저 산 위에 걸려 있는 흰 구름 떼
뒷이 그리 서러워

산천을 휘감아 도는가

사면 바다 휘어 젖는
검푸른 파도야
무얼 그리 갈망하며 포효하느냐

… (중략) …

주인 잃은 대마도의 밤은
서녘으로 깊어만 간다.

-심영선 시 「대마도의 밤」 일부

심영선 시인은 대마도가 대한민국 땅임을 주장한다. 흰 구름 떼
가 산천을 휘감고 도는 현상을 감지하고 있다. 사면의 바다 휘어
젖는 검푸른 파도를 불러내고 있다. 무얼 그리 갈망하고 있는지
포효하고 있는 것이다. 마침내 주인을 잃은 대마도의 밤은 서녘
으로 깊어만 가고 있음을 시사하고 있다. 대마도는 분명 대한민
국의 영토임에도 불구하고 포츠담선언을 이행하지 않음으로 인해
주인을 잃어버린 영토, 주인을 잃어버린 섬으로 전락한 것이다. 대
마도와 간도에 대한 국가 정체성 회복을 주장하는 이경상 시인을
따라간다.

대마도는 우리 고구마라서
어여 가서 캐 오고 싶은 마음인데

왜놈들은 고구마가 없다고

우겨 대며

시치미 떼겠지

독도는 우리 오석 바위라서
어여 가서 들오고 싶은 가슴인데

왜놈들은 대나무를 베 간다며
끼어들고 억지 부리겠지

내사 냉큼 달려가서
왜놈들 면전에다가 지들이 만든
삼국접양지도를 보여 주리라

지들 손으로 대마도와 독도를
조선 땅이라 그려 놓은 진실을 말이다
–이경상 시 「우리 땅 대마도와 독도」 전문

　이경상 시인은 대마도와 독도의 정체성을 부르짖고 있다. 대한
민국 본래의 영토로 대마도를 규정하고 있다. 대마도를 고구마로
비유하는 시적 은유를 확인할 수 있다. 한국인들이 본래 즐겨 먹
던 그 고구마를 이제는 캐 오고 싶다고 말하니, 일본이 고구마가
없다고 시치미를 뗀다는 것이 시적 진술이다. 독도에서 대나무를
베어 가겠다고 우겨 대는 일본에게 그들이 스스로 만든 국제적 공
인지도인 삼국접양지도를 보여 줘서 코를 납작하게 만들 것임을
진술하고 있다. 이 시대의 젊은 시인들이 대마도를 되찾기 위한 끝

없는 여망과 독도 수호의 퍼포먼스는 국가 정체성 회복이란 측면
에서 큰 방향성을 지니고 있는 것이다. 한편, 김덕영 시인은 현장의
「말」을 잊을 수 없다.

갖가지 사연 어깨에 짊어지고
일터로 나선다
알아주는 이 없어도
발걸음 가볍다
오토바이에 실린
사연과 나는 한 몸이다
나는 사연을 품은 집배원

… (중략) …

−김덕영 시 「말」 일부

김덕영 시인은 말의 미학을 표출하고 있다. 말을 실어 나르는 집
배원임을 밝히고 있다. 사연과 한 몸이면서 동시에 사연을 품은
존재임을 일갈하고 있다. 말은 마음의 소리이다. 그 속에 품격과
고유의 온도가 있다. 즉, '언위심성言爲心聲'이다. 가령, 한자의 품品
을 확인하니 그 구조가 흥미진진하다. 입구(口)가 세 개 모여서 이
루어져 있음을 알 수 있다. 말이 세 번 정도 쌓여야 한 인간의 품성
이 된다는 것이다. 말이 적을수록 번뇌와 같은 근심도 자연히 작
아지고, 상대의 가슴을 파고드는 큰 말 속에는 감동의 큰 힘이 존
재한다. 그러한 감동의 사연을 어깨에 짊어지고 일터로 나서고 있
는 것이다. 김동광 시인은 구절초 향에 흠뻑 취하는 가을의 주인

공이 된다.

> 아홉 번 꺾인 사연 알 수는 없겠지요
> 인생사 고비마다 일어선 의지일까
> 그윽한 짙은 향기는 그녀 인해 맡았네
>
> –김동광 시조 「구절초」 일부

　김동광 시인은 아홉 번 꺾인 구절초 사연을 자문자답^(自問自答)하고 있다. 인생의 고비마다 일어선 의지의 흔적으로 마디가 남겨졌음을 확인하고 있다. 구절초^(九節草)를 짙은 향기의 시적 대상으로 바라보고 있는 가운데, 화려하지 않으면서도 고결한 모습과 은은한 향을 가진 토종 야생화 구절초를 발화시키고 있다. 비가 올 때 오히려 물방울 꽃을 그려 내는 소녀처럼 단아한 꽃이다. 구절초의 꽃말은 순수, 어머니 사랑이다. 가녀린 꽃잎의 청초한 모습과 그윽한 꽃향기에 취하면 가을 깊어 가는 줄 모른다는 꽃이 바로 들국화로 더 잘 알려진 구절초이다. 9월 9일^(음력)이 되면 9마디가 된다고 구절초라 불리며, 소국^(小菊)으로 통한다. 문학인의 삶이 거미의 삶과 같을 수 있음을 김시화 시인은 부각시키고 있다.

> 어디가 내 집이고 어떤 것이 내 삶인가
> 여태껏 집을 찾아 삶을 찾아 헤매었다
> 찾은 건 황량한 사막
> 바람 부는 동굴 속
>
> 무엇이 내 글이고 써야 하는 대상인가
> 아직도 그걸 찾아 어둠조차 더듬는다

오로지 알 수 있는 건

더듬으며 걷는 것

-김시화 시조 「거미」 전문

　김시화 시인은 거미의 삶과 시인으로서의 삶을 접목시키면서 거미를 등장시킨다. 사람 못지않게 건축에 조예가 깊은 존재가 바로 거미다. 거미가 생산해 낸 거미줄은 매우 정교하다. 시인은 거미줄을 글로 비유하고 있다. 거미는 태어날 때부터 거미줄을 치는 법을 알고 있다. 새끼 거미나 어미 거미가 친 거미줄 모양은 같다. 나무와 나무를 기둥 삼아 촘촘히 새 삶의 안식처를 직지의 무늬로 탄력 있게 쌓아올리는 건축가다. 보통 둥근 거미줄을 한 번 치는데 1시간 정도 걸린다. 거미가 출사 돌기에서 사출하여 친 거미줄을 거미집이라고도 부른다. 거미가 알을 낳아 놓게 하거나 먹이를 잡으려고 얽은 그물을 말한다. 거미의 종류는 그물을 쳐 먹이를 잡아먹는 거미를 '조망성 거미'라 하고, 그물을 치지 않고 직접 먹이를 잡으러 다니는 거미를 '배회성 거미'라 한다. 거미줄은 공중에 아찔하게 흔들거려도 쉽게 무너지지 않는 세상의 견고한 집이다. 험난한 세상의 거미줄에 말리지 않고 자신만의 견고한 집을 지으려고 더듬더듬 꿈꾸고 있는 것이다. 김고은 시인은 「갓바위」를 향한다.

앉을 자리 물론이고

설 자리 없는 풍경

앞사람 궁디 앞에

절할 수 없는 상황

혼자라 여유롭지만

군중 속은 외롭다

··· (중략) ···

반 조각 먹은 자두
나같이 생긴 걸까
불쌍히 여긴 연민
남은 반쪽 덥석 물고
올해는 혼자가 아닌
연리지를 꿈꾼다

−김고은 시조 「갓바위」 일부

김고은 시인은 군중 속의 고독, 가을 사색, 연리지의 꿈을 빚어내고 있었다. 여기서 시적 소재는 팔공산 갓바위를 말한다. 석굴암의 본존불과 약사여래불을 합쳐 놓은 신라 시대 제작된 불상이다. 팔공산 관봉 석조여래좌상이다. 갓바위는 학업 · 취업 · 건강 · 득남 등 많은 사람들이 보편적인 기원에 공을 들이는 석상인데, 극중 화자는 사랑의 비극적 초월을 상징하고 있는 연리지를 꿈꾸는 시적 퍼포먼스까지 연출하고 있었다. 김미경 시인은 자신의 삶을 되돌아보는 「거울」을 꺼내 본다.

그러다가 퍼뜩 정신이 들어 보니
엄마가 아닌 내가 나를 보며 울고 있다
그렇구나, 그렇구나
어느 틈에 내 얼굴에서 엄마의 얼굴이 보이는구나

그렇게 거울을 보듯 내 얼굴에 엄마가 있다.

-김미경 시 「거울」 일부

    김미경 시인은 「거울」을 소재로 자기 자신의 초상화를 그리고 있다. 시인은 거울을 통해 자화상(自畵像)을 스스로 내밀한 언어로 그리고 있다. 엄마에 대한 강렬한 그리움이 결국, 내 자신의 얼굴에 엄마의 얼굴을 발견하는 극점에 도달하게 된 셈이다. 자신의 현실을 진단하면서, 엄마와 같은 삶을 살아가고 있는 나 자신의 모습을 읊조리고 있는 것이다. 전통적인 거울이란 상이 맺히도록 뒷면에 알루미늄이나 은을 입힌 유리판이다. 망원경이나 다른 광학 기기에 쓰이는 거울은 유리의 반사를 없애기 위해 앞면에 알루미늄을 입힌다. 거울은 평면이나 곡면이며 곡면 거울에는 오목거울과 볼록거울이 있다. 거울은 오랜 세월 동안 가정용품과 장식용품으로 사용되었다. 시인은 거울이란 자아성찰 도구를 통하여 사모곡(思母曲)을 부르고 있는 것이다. 박순심 시인은 가슴속 박힌 「대못」을 토로한다.

    내 몸속 남모르게

    쇠못이 박혀 있다

    늘 웃고 다닌 탓에

    곱게만 큰 줄 안다

    정 주고 떠난 그 사람

    대못 하나 박았다

-박순심 시조 「대못」 일부

박순심 시인의 「대못」은 슬픔이 내재된 상처의 산물이다. 남편의 갑작스러운 죽음으로 인해, 하루아침에 아이 둘을 키워야 했던 슬픈 가장의 스토리이다. 겉으로 항상 미소를 짓고 있는 시인의 모습 속에는 절대 그 슬픔을 발견조차 할 수 없다. 그러나 자세히 그녀의 내면을 들여다보면, 금방 아픔이 가득한 가슴을 지닌 시인임을 확인할 수 있다. 대못은 쇠못 중에서도 가장 큰 못이다. 그런 못이 가슴에 박힐 만큼 그녀에게 있어 남편과의 이별은 큰 충격 그 자체였다. 대못을 통해 비극적 초월을 노래하고 있는 것이다. 고영옥 시인은 「우리 집 작은 농장」을 예찬한다.

　　　흙은 참으로 위대합니다
　　　하늘과 바람 자연과 씨앗
　　　흙 묻은 사람의 손길마다
　　　정성에 대한 답으로
　　　옥상에서 베리들이
　　　단맛나게 익어 갑니다
　　　　　　　　　　－고영옥 시 「우리 집 작은 농장」 일부

　고영옥 시인은 시골이 아닌 도시에서 텃밭을 가꾸고 있는 참 맑은 작가이다. 도심 속 옥상에서, 하늘과 흙을 모아서 베리를 키워내며 단맛의 손길을 창조해 내는 참자연인이다. 그 속에는 끝없는 정성이 가득해야 된다는 전제조건이 자리하고 있다. 그 정성의 답장, 초록빛 새싹들의 모습을 포착하면서 유기농 야채 중대를 거느리고 있음을 은근히 자랑하고 있다. 청정 도시를 남기려면 도시 자체를 유기농법으로 재설계해야 가능하다. 이에 대해 시인은 농

업도시 플랜의 강한 의지를 피력하고 있는 것이다. 정애진 시인은 하루를 마감하고 「귀가」를 재촉한다.

우리는
시계 반대편으로 걷지만

시나브로 저녁
호수엔
달보드레한
연인들의 모습

호수는 꽃구름 이부자리 펼치고
마음 급한 산은 벌써
호수에 들어가 누웠다

가자,
집으로

-정애진 시 「귀가」 전문

정애진 시인은 아름답고 정거운 전원의 풍경을 담아내고 있다. 시계 방향이 아닌 시계 반대 방향의 일상을 통해 평범한 삶의 뿌리에서 강한 시적 의지로 극복하려는 시인의 의도가 돋보인다. 저녁 호수를 배경으로 연인들의 달콤한 만남을 그려 내고 있으면서 호수 속에 비친 꽃구름을 이부자리 펼친다는 압권의 시어들로 생성시키고 있다. 더욱이 마음 급한 산들이 호수 속에 들어가 누웠다는 최고 수준의 시적 표현들은 눈길을 모으기 충분했다. 대단한 시적 내공이 아닐 수 없다. 권오정 시인은 저 홀로 「바람 같은 세월」을 독백하고 있다.

> 새들의 고향 바람의 고향
> 독도는 나의 꿈자리
>
> 내 조국의 어여쁜 날들이
> 소곤소곤 숨쉬는 자리
>
> 지금 바람이 거닐고 있는 그 땅에
> 봄은 몇 번이나 왔을까
>
> ―권오정 시 「바람 같은 세월」 일부

권오정 시인은 새들의 고향, 독도의 꿈자리를 그려 내고 있다. 그곳은 내 조국의 어여쁜 나날들이 소곤소곤 숨쉬는 자리다. 바람이 쉬지 않고 거닐고 있을 만큼, 사시사철 강한 바람이 살고 있다. 그런 와중에서 봄이 몇 번이나 찾아왔는가를 되묻고 있다. 여기서 봄의 의미는 참으로 다양하다. 사계절의 봄을 상징하고 있으면서, 광명의 봄이기도 하고 따스한 봄이기도 하다. 그러한 봄 속에서 새로운 꿈을 펼칠 수 있는 따스한 순간이 과연 몇 번이나 왔는가를 진술하고 있는 것이다. 박해미 시인은 「독도의 아침」을 맞이하고 있다.

> 태양을 이마에 찍어 단
> 붉은 기운으로
> 바다를 물들이며

홀로 선 기개

저토록 화려한 빛깔로
비상하는 독도의 아침

피맺힌 아픔으로
약자의 고통을 대신하고

역사 앞에 홀로 선 도도함에
바다를 넘나드는 새들도
거센 파도를 두려워하지 않는다

　　　　　　　　－박해미 시 「독도의 아침」 전문

　박해미 시인은 활달한 독도의 이미지를 구가하고 있다. 태양을 독도의 이마에 찍어 달았다는 활유법적 표현을 동원하면서, 붉은 기운으로 바다를 물들이는 시적 저력을 선보이고 있다. 장관을 연출하는 풍경 속에서 화려하게 비상하는 독도의 아침을 싱그럽게 보여 주고 있다. 약자의 고통을 대신하는 정의로움마저 감돌게 만든다. 역사 앞에 홀로 선 도도함이 독도의 잠재력을 분출시키는 마그마가 되고 있다. 한편 이복동 시인은 「격외선당」에 흠뻑 빠진다.

한 생을 지고 나와
얽히고설킨 인연

웃음꽃 피어나고

때로는 눈물바다

말 못한
가슴속 사연
풀어내는 뒤안길
–이복동 시조 「격외선당」 전문

　이복동 시인은 부제에서 '쵀소리에 빠지다'를 밝히고 있다. 쵀소리는 타악기 연주자로서 우리만의 것, 동양적인 것, 서양음악과 다른 타악의 세계를 대중 앞에 선보인 주인공이다. 이외수 선생으로부터 기인의 경지에 도달한 연주인으로 극찬을 받기도 했다. 일반적으로 격외선당(格外仙堂)이란 '격식(格式) 밖에서 노니는 신선(神仙)의 집'이라는 뜻이다. 시인은 여기서 격외선당을 다음과 같이 진술하고 있다. 한 생을 지고 나온 인연의 굴레 속에서 말 못하는 가슴속 사연을 풀어내는 뒤안길로 묘사하고 있는 것이다. 심효진 시인은 「무진장 행복한 버스」를 탄다.

주름 서너 개 굵고 깊게 치켜 올라간 버스기사 눈
버스가 달리는 속도에 맞춰 아래로 아래로
무주에서 탄 할머니
진안에서 탄 낡은 중절모 쓴 할아버지
거나한 목소리 들으며
장수까지 잇몸으로 웃다 졸고
한아름 보따리 속 호박 부추 정구지도 웃다 졸고

버스 의자에 깊숙이 들어가

메타세쿼이아 파장 속으로

오라이~

거나하게 오라이~

–심효진 시 「무진장 행복한 버스」 전문

  심효진 시인은 '무주→진안→장수' 구간을 거치는 행복버스에
탑승해 있다. 단순한 행복버스가 아닌 무진장 행복한 버스에 탑
승한 것이다. 일반적으로 무진장(無盡藏)은 원래 불가에서 덕이 한량
없는 것을 비유한 말이었는데, 후에는 엄청나게 많아 다함이 없는
상태를 가리키는 말로 쓰이게 되었다. 또한 무진장(茂鎭長)은 전라
북도 동부 지방의 무주군(茂朱郡)·진안군(鎭安郡)·장수군(長水郡)을 합쳐
서 일컫는 말이기도 하다. 시인은 후자의 의미로 무진장 행복버스
를 진술하고 있는 것이다. 주름 서너 개 있는 버스기사의 시선으
로 노래하고 있다. 무주 할머니, 진안 할아버지의 잇몸으로 웃다
조는 모습을 보여 주고 있으면서, 보따리 속 호박, 부추, 정구지
도 웃다 조는 이미지를 통해 정겨움을 자아내고 있다. 결국 무진
장은 메타세쿼이아(Metasequoia)의 길임을 귀결시키고 있다. 김명옥 시
인은 「면회 가는 날」을 손꼽아 기다린다.

통일로 헤치면서

칼바람 맞서 간다

민둥산 보인 북녘

철조망 얼었는데

사무친 모자의 사랑

대한마저 녹인다

내 새끼 곱게 자란
집안의 귀염둥이
이제는 철들어서
나라의 충성둥이
이등병 거수경례에
울음보가 터진다

　　　　　　　　　 – 김명옥 시조 「면회 가는 날」 전문

　김명옥 시인은 통일로의 눈바람을 헤치고 간 아들과의 첫 면회
를 시적 소재로 삼고 있다. 여기서 면회는 군에 아들을 보낸 우리
시대 어머니의 마음을 대변하고 있으며, 군 복무 중인 아들을 향
한 절절한 노래를 발견할 수 있었다. 일반적으로 면회(面會)는 출
입이 제한된 군부대에 있는 아들을 직접 얼굴을 대하여 만나 보
는 것인데, 거수경례하며 모습 보인 이등병 아들을 보자마자 울
음보 터뜨린 모자의 상봉을 극적으로 묘사하고 있다. 가수 김광
석의 '이등병의 편지' 일부를 소개하면 다음과 같다. '~대문 밖을
나설 때 가슴속에 무엇인가 아쉬움이 남지만 풀 한 포기 친구 얼
굴 모든 것이 새롭다. 이제 다시 시작이다 젊은 날의 생이여' 모든
것이 새로운 곳이 군대이다. 더구나 군에 간 자식 생각에 항상 걱
정이 앞서는 이가 어머니이기도 하다. 그런 어머니의 간절한 심정으
로 잘 풀어내고 있는 것이다.

　여기 35명이 공동으로 독도 수호 두 번째 공동시집 『독도 플래

시 몹』을 세상에 내놓는다. 이들의 목소리는 영혼의 간절한 울림이다. 이들 시인들이 시작한 펜의 힘으로 독도를 지켜 내고, 가깝고도 먼 섬 대마도 또한 우리나라 영토였음을 알리는 신호탄이 되고 있다. 더 나아가 간도가 우리나라 영토임을 알리는 웅장한 범종 소리를 자아내고 있다. 대마도뿐 아니라 간도를 되찾을 수 있는 전주곡이 되고 있다. 더욱이 전 국민에게 독도 수호 의지와 잃어버린 고토 회복에 대한 자긍심을 선물하고 있는 것이다. 동시에 이들 젊은 시인은 펜으로 조국을 지키는 대한민국 국가대표이다.

"여기 귀한 뜻으로 발기한 젊은 지성들에게, 따뜻한 별빛과 영혼의 훈장을 바친다."

자연애 출장뷔페

소규모 가족모임에서 기업체 대형행사까지
특급호텔출신 요리사의 품격높은 요리와
최고의 서비스로 정성을 다해
모실것을 약속드립니다.

예약문의T. **324-8288**

대표 **이 기 화L**
가족의날 분과위원장
(강북L.C)

H.P : 010-4050-8700

수목원 꽃 식물원

박동수
010-3828-5523

축하화환 · 근조화환
재단장식 · 조경공사
관엽식물꽃바구니 · 생화